중국에서
中國을 보다

중국에서 中國을 보다

지은이 · 정현철
그린이 · 김회룡
펴낸이 · 이충석

펴낸날 · 2014년 11월 1일
펴낸곳 · 도서출판 나눔사
주소 · (우) 122-080 서울특별시 은평구 은평터널로7가길
      20. 303(신사동 삼익빌라)
전화 · 02)359-3429   팩스 02)355-3429
등록번호 · 2-489호(1988년 2월 16일)
이메일 · nanumsa@hanmail.net

ISBN 978-89-7027-156-9-03810

값 10,000원
잘못된 책은 바꾸어 드립니다.

글·정현철 _ 삽화·김희룡

중국에서 中國을 보다

나눔사

들어가는 말

1992년 7월 북경에 도착했다. 쉽지 않은 방중이었다. 한·중 수교 이전이라 중국에 입국하기 직전 국정원(예전 안기부)에서 특정 국가 방문을 위한 4시간짜리 교육도 받고, 인천-천진 간의 항로를 통해, 꼬박 이틀에 걸쳐 도착했다. 무더운 여름날이었다.

수교 이전이지만, 첫 번째 방문은 아니었다. 이미 회사 출장 관계로, 중국을 오가곤 했다. 다만 직항이 없던 때라 일본의 나리타 공항을 경유하거나, 홍콩을 경유하여 중국에 가곤 했다. 하지만 이번엔 달랐다. 신혼의 꿈에 부풀어 있던 아내와 함께 갓난아이를 안고 늦깎이 유학길에 오른 것이다. 지금 생각해보아도 무모하고 아찔한 일이다.

칭화대학(淸華大學)의 언어연수생 신분으로 첫 번째 한국인 유학생이 되었다. 물론 두 번째 유학생은 집사람이었다. 그리고 때마침 수교가 이루어져 이듬해 북경대학교 대학원으로

중국에서
중국을 보다

진학할 수 있었다. 이후 22년의 세월이 흘렀다.

100일도 안 된 딸을 데리고 와서, 열악한 기숙사에서 중국인 선생님과 몇몇 중국 친구들과 치렀던 딸의 백일잔치. 그 딸은 이제 대학교 2학년이 되었고, 중국에서 태어난 아들은 고 3으로 장성하여 한국의 대학에 진학하기 위해 입시를 준비하고 있다.

그동안 20년이 넘는 세월을 나는 중국과 함께했다. 20대부터 40대인 지금까지 한 번도 중국 관련 업무에서 벗어난 적이 없다. 생각해보면 개인적으로 축복이기도 하다. 여러 가지 생각이 교차되지만 '중국'은 나에게 또 하나의 인생 터전이다.

이 글은 중국 현지 교민신문에 1년여 기간 동안 〈중국 스케치〉라는 제목으로 써 왔던 칼럼을 정리한 것이다. 일류는 아니지만 소위 '중국통'이라 불리는 나에게 요구되었던 사항은 중국 현지의 교민들이 공감하거나 살면서 조금이나마 도움이 될 만한 내용의 글을 써 달라는 것이었다.

그러므로 애초 이 글은 정치 · 경제 · 문화적 관점에서 어떤 목적을 가지고 쓴 글과는 다르다. 중국에서 20년 넘게 살아오면서 자연스레 알게 된 '중국'이라는 나라, 내가 사업상, 혹은 친구와 이웃으로 만났던 다양한 '중국인'들, 그리고 우리와 풍토나 문화가 비슷하면서도 다른 '중국 문화'를 체험하면서 알게 된 '통섭적 중국 읽기'라고 할 수 있다.

중국은 이제 우리에게는 숙명과도 같은 이웃이다. 중국을 배제하고 정치·경제를 논할 수 없다. 중국에는 우리 교민들이 약 90만 명 거주하고 있고, 한·중 교역량은 2013년 현재 2천억 불에 달한다. 최근에는 중국의 요우커들이 우리나라 거리 곳곳을 활보하고 있고, 그 숫자도 해마다 늘어나고 있다.

하지만 우리에게 일본이 가깝고도 먼 나라이듯 중국 역시 가까이 하기엔 아직 먼 나라이다.

우리가 역사적으로나 상식으로, 혹은 언론매체를 통해서 알고 있는 중국, 중국인, 중국 문화는 아직도 피상적이다. 잘못 알고 있는 사실도 많다. 중국에서 유학을 하거나 사업을 하고, 주재원으로 살아가며 가끔씩 당혹스러움을 느끼는 이유도 여기에 있다.

이 책이 향후 우리와 가깝게 살아갈 수밖에 없는 중국이라는 나라를 바로 알고, 13억 중국인과 5천 년의 중국 문화를 이해하는 데 조금이나마 도움이 되었으면 하고 바랄 뿐이다.

부족한 글에 멋진 삽화를 그려 넣어 읽는 맛과 보는 재미를 더해준 오랜 친구 김회룡 화백에게 지면을 빌려 진심으로 감사

중국에서
중국을 보다

함을 전한다.

개인적으로 이 책의 출간은 내게 새로운 동기부여가 될 것이다. 항상 지속적인 중국 공부가 필요하다고 느끼고 있지만, 이 책의 출간을 계기로 본격적인 중국 탐구에 정진해볼 생각이다.

대학 1학년 때 배웠던 중국어 회화책의 첫 페이지 문구가 생각난다.

"부파만, 즈파잔(不怕慢, 只怕站)".
천천히 가는 것은 두렵지 않다, 다만 멈추는 것을 두려워한다.

2014년 가을
북경에서 **정 현 철**

목차

Part 2   중국인

Part 3 중국 문화

중 국 · 중 국 인 · 중 국 문 화 새 롭 게 읽 기

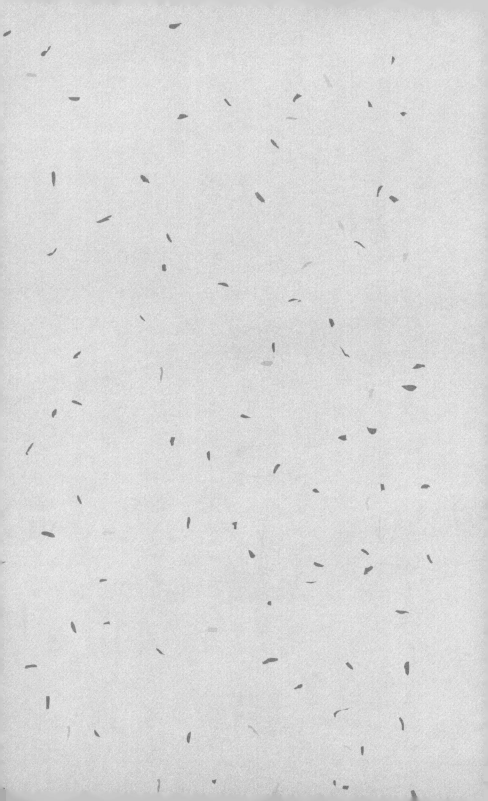

Part 1

중국

01

아들아,
오늘의 중국을 봐라!

2012년은 지구촌의 60개가 넘는 나라에서 총·대선이 치러진 가히 선거의 해였다. 1월 대만 총통을 뽑는 것으로 시작된 세계 주요 국가의 선거는 12월 16일 일본 총선에 이어 12월 19일 한국 대선으로 마무리되었다. 2012년 선거의 처음과 끝을 아시아 국가가 장식했다.

* * *

19일 저녁을 넘기고 20일 새벽, 아들이 핸드폰에 문자 메시지가 왔다고 호들갑을 떤다.

"截止北京时间今天凌晨0点13分，韩国第18届总统选举新国家党总统候选人朴槿惠得票率 51.64%。朴槿惠当选为首位韩国女性总统的事实已经毫无悬念."

(북경 시간 새벽 0시 13분, 한국 18대 대통령 선거에서 새누리당 후보 박근혜는 득표율 51.64%를 획득, 새로운 한국의 첫 여성 대통령으로 의심의 여지없다.)

개표 상황을 인터넷 포털에 접속해서 계속 주시하고 있었지만, 아들의 중국 핸드폰 문자 메시지를 보면서 '승부가 끝났구나' 하는 생각이 들었다.

중국에서도 밤늦은 시각임에도 서로 문자 메시지를 주고받을 만큼, 한국 대통령 선거는 관심의 대상이었다. 다음날 아침에는 오랜 지기인 베이징의 라오왕(老王)의 메시지를 받았다.

"정형! 그대도 얼음공주에 한 표? 아니면 문?"

나는 중국인 친구의 메시지를 보며, 그가 우리 후보들의 닉네임까지 알고 있다는 사실에 약간 놀랐다. 중국 포털 사이트에 달린 관련 댓글을 살펴보니 슬며시 웃음을 짓게 하는 것들도 눈에 띈다.

"열렬히 축하합니다. 새로운 한·중 관계의 발전에 기여해 주시길 바랍니다."

"남자 대통령, 여자 대통령이든 관계없이, 한국은 완전한

* * *

민주주의를 구현하였구나.”

　“한국 여왕 대 북한 왕, 이건 뭐?”

　“한국의 민주정치는 점차 성숙, 박근혜의 당선이 한국 정치를 잘 말해주고 있어, 중국은 때려죽여도 민주적인 선거는 못 할 거야. 100년 정도 걸릴까?”

　“한국의 성형 기술은 정말 대박! 17바늘이나 꿰맨 상처가

하나도 안 보이니."

"내가 알 바 아님! 난 그저 중국의 물가가 오르냐 마냐에 관심이 있을 뿐."

* * *

어제 방학을 해서, 느지막히 일어난 고1짜리 아들이 내게 물어왔다.

"아빠, 중국은 왜 선거로 대통령, 아니 국가주석? 총서기인가?를 뽑지 않아?"

최근에 키는 부쩍 컸지만 지식의 크기는 그다지 자란 것 같지 않은 질문이다.

"누가 지도자가 됐는지는 아니?" 라는 내 물음에 아들은 당당하게 답했다.

"아, 물론 후진타오, 아니 시진핑이구나. 그 중국 영화에 나오는 제후같이 생긴 사람."

그래도 그나마 아는 것을 기특히 여기고 몇 가지 설명을 덧붙여주었다.

"아들, 올해는 한국을 비롯한 주변 4강이 모두 대선, 총선 등을 통해서 국가의 지도자가 바뀐 중요한 해야. 한국이 어제 마지막으로 지도자가 바뀌었지. 중국도 국가주석과 전인대(전국인민대표) 의원을 뽑는 선거제도와 방식이 법으로 명시되어 있어. 하지만 한국과 달리 간접선거를 치르는 데는 사정이 있지. 생각해봐. 중국의 엄청난 인구와 넓은 땅덩어리를. 교통이 불편하고 행정력이 미치지 않는 지역도 많고, 게다가 정치의식이 희박한 농민이 절대다수이기 때문에 간접선거를 치르는 거야.

헌법상으로는 '전국인민대표대회(전인대)'가 최고 권력기관으로 되어 있지, 전인대의 상설기관으로 상무위원회가 있고, 전인대의 양 옆으로 중화인민공화국 주석 및 군사위원회 주석이 동등하게 자리잡고 있단다.

하지만 실질적으로 권력구조의 정점엔 공산당이 있지. 당의 최고책임자를 총서기라고 하는데, 당대회에서 선출된 총서기가 결국 전인대의 주석에 임명되므로 최고 권력자인 셈이란다. 우리나라의 대통령에 해당되지. 2012년 후진타오에서 시진핑으로 바뀌었지. 혹시 중국공산당의 창당일을 아니? 아들!"

"내가 그걸 어떻게 알아? 참 나."

아들의 쿨한 대답에, 나는 답한다.

"네 생일과 같은 7월 1일이다. 정확히 말하면 1921년 7월 1일에 창당되었지."

그러자 아들은 "그래? 내가 그래서 중국에 오게 되었나?" 하며 별 근거 없는 연관성을 갖다붙이며 조금 관심을 표시한다.

"조금 더 설명하자면, 중국공산당원은 2012년 기준, 당원 8260만 명. 전국대표 2270명, 당중앙위원 204명, 당중앙위원회 정치국원 24명, 당중앙위원회 정치국 상무위원 7명, 당 총서기 1명의 상향 피라미드 식으로 되어 있지. 우리나라의 대통령중심제와는 달리, 국가 주요사안을 결정할 때는 7명의 정치국 상무위원이 회의를 통해 결정하는데, 이것을 집단지도체제라고 한단다. 이 집단지도체제, 정책상 오류를 줄일 수 있는 이 환상적인 체제를 구축해 낸 사람이 누구인 줄 아니?"

나의 계속적인 질문에 아들은 "글쎄, 별로 관심 없는데" 라고 명쾌하게 마무리 지으면서 나가 버린다.

"개혁개방의 총설계사라 불리는 덩샤오핑(鄧小平)이야"

마지막 내 목소리를 못 들었는지 아들이 나간 쪽에서는 조용하다.

* * *

중국에서 나도 재외국민 투표로 소중한 한 표를 행사하였다. 결과적으로는 총 22만 2389명이 참여한 재외국민투표에서는 국내 투표 결과와 달리 56.7%가 문재인 후보를 선택했다고 한다. 아마도 해외에 거주하는 국민들에게는 늘 소홀히 대접 받고 있다는 생각이 표심으로 나타나지 않았나 하는 생각이 든다.

지난 MB 정부 초기에 편향된 친미외교정책으로, 국민들로부터 거센 질타를 받고 중국과도 삐걱거렸던 기억이 아직도 생생하다. 이번 새로운 박근혜 정부는 어떤 대중(對中)외교를 펼칠까? 많은 중국 전문가들은 국내외 경기 부진, 남북관계 긴장, 첫 여성 대통령 당선에 따른 일부 국민들의 미묘한 변화 등으로 앞으로 5년간 박근혜 당선자가 한국의 발전을 이끌어 나가기가 쉽지만은 않을 것이라 예상했다고 한다.

* * *

　　2012년 올해로 한·중 수교 20주년이 되었다. 그만큼 한·중관계가 깊어졌고, 양국간의 관계도 '전략적 협력 동반자 관계'로 격상된 만큼, 새로운 여성 대통령은 조금은 섬세하게 대중 외교를 펼쳐주었으면 하고 희망해 본다.

중국판 신데렐라인가?
- '두라라 승진기'

"두라라. 두라라……."

중국식 응원 구호가 아니다.

'소설 부문 95주 연속 베스트셀러 1위,'

'서적, 드라마, 뮤지컬로 제작 순수익 1억 3천만 위엔(한화 224억 원).'

중국에서 빅히트 친 '두라라 승진기' 이야기이다. 2007년 하반기 첫 출간 이후, 중국 최대 인터넷 서점인 당당망(當當網)에서 소설 부문 95주 연속 판매 1위의 소설이다.

'두라라'라는 여직원이 외국계 기업의 행정비서로 입사하

여, 각고의 노력 끝에 HR 부문의 매니저가 된다는 직장소설이
다. 이 소설은 직장인들의 필독서가 되어, 새로운 직장소설 열풍
을 불러오고, '두라라 장르'라는 신조어까지 만들어내기도 했다.
2007년부터 2009년까지 2년 동안 210만 권의 책이 팔렸다 하니,
가히 그 열기를 짐작할 수 있다.

　나는 사실 이번 연초 휴식을 하며 영화를 통하여 책을 알게
되었다. 개인적으로 매력 있다고 생각하는 중국의 4대 화단(花
旦)으로 불리는 쉬징레이가 감독 겸 여주인공 역할로, 톡톡 튀는
매력을 충분히 발산한 트렌디한 영화이다. 베이징 여자의 일과
사랑 이야기를 아주 감칠맛 있게 표현한 영화로, 쉬징레이는 한
때 중국 블로그 방문자 순위 1위를 차지하기도 한 여배우이다.
중국 블로그 1위 방문은 세계 1위와 동의어이기도 하다.

　난 이 영화를 보면서, 예전에 봤던 '악마는 프라다를 입는
다'를 연상하였고, 그 영화보다도 훨씬 몰입되어 보았다. 같은
아시아 문화라 더 공감이 되었고 배우들도 훨씬 매력적이었다.

　영화의 스토리 전개도 익히 보았던 중국 영화, 곧 어둡고, 느
리고, 대사도 전혀 맛깔스럽지 않던 영화와 달리 뉴욕 스타일의
아주 트렌디한 전개를 보여 주었다. 배경이 된 베이징의 건물이
나 거리도 상당히 세련되게 연출되어 이곳에서 살고 있는 나조차
도 베이징이 이렇게 세련된 도시였나 하고 갸우뚱할 정도였다.

게다가 배우들도 남자 주연배우인 대만의 황립행을 포함해서 어느 정도 인지도가 있는 대만 · 홍콩 배우들이 대거 출연하여 영화의 퀄리티를 높여주었다. 이제는 중국 대륙이 대만 · 홍콩 배우들을 품을 수 있다는 자신감도 보여주었다고나 할까?

　　상큼 발랄한 외모로 당찬 현대 여성을 균형 있게 표현한 감독 겸 배우 쉬징레이는, 중국의 빠른 경제발전 속도만큼 영화 속에서 빠른 승진을 한다. 또한 생존경쟁에 필요한 실질적인 처세와 실력의 중요성도 강조한다.

　　영화 속 기억나는 것은 입사시 받던 첫 월급 2,000위엔(한화 36만 원)을 받았던 주인공이 고속 승진과 더불어 HR 매니저로 승진되었을 때는 25,000위엔(한화 4백만 원)이 찍힌 월급 명세표를 받는 장면이다. 물론 외국기업이라서 가능한 점프 액수이기도 하지만, 중국의 고속 성장을 상징적으로 보여 주고 있다는 느낌도 들었다.

　　필자의 오랜 후배로 상해의 투자회사에 근무하는 김동현 이사는 항주가 고향인 잭키(중국명 리리)와 결혼하였다. 리리는 상해 사범대학 영문과를 졸업하고 흔한 해외연수 한 번 안 한 토종 중국인인데, 유창한 영어와 뛰어난 근무 실적으로 현재 'GIVADUAN'이라는 프랑스 향신료업체의 상해법인에서 마케팅 임원으로 일하고 있다.

* * *

　김 이사는 작년 연말, 부인이 일하는 회사의 초청으로 이루어진 부부동반 모임을 다녀온 후 나와 식사를 하였다. 2년 전만 해도 리리의 연봉이 약 65만 위엔(한화 1억 1천만 원)이었는데, 올해 100만 위엔(한화 1억 7천만 원)을 넘었다고, 자기가 남편으로서 열등의식을 느낀다고 하였다.

　물론 말은 그렇게 하였지만, 돌아갈 때 그가 보인 흐뭇해하는 미소를 나는 보았다.

리리도 바로 중국판 상해 두라라의 한 명이었던 것이다.

이 영화를 감칠맛 있게 직접 연기하고 감독한 쉬징레이가 이야기하고자 했던 것은 무엇이었을까? 진부한 신데렐라 스토리는 아니었던 것 같다.

순수하지만 당차게 행동하고, 열정을 갖고 매진하는 한 베이징 여성의 모습을 통해, 세련된 중국의 현재의 모습을 보여 주고 싶었던 것은 아닐까?

아니면, 빠르게 변해가는 중국의 현실에 가장 모범적으로 적응하는 인민의 전형은 어떠해야 하는가를 보여 주고자 했던 것은 아닐까?

어느 쪽이든 '두라라 신드롬'을 일으킨 것으로 보아 그 의도는 성공적이다.

앞으로도 중국에서의 '두라라'는 계속 탄생할 것 같다.

TIP

최근 쉬징레이는 한국의 아이돌 그룹인 엑소의 중국 멤버 크리스(본명:우이판)와 열애설에 휩싸였다. 16년 연하의 아이돌이다. 역시 두라라!

뿌연 스모그와 가짜 두부,
중국의 변화?

1993년 겨울은 우리 부부에게 만만치 않은 겨우살이의 시기였다.

갓 백일을 넘긴 첫 딸과 우리 학생 부부의 보금자리는 북경대학 내 샤오위엔이라 불리는 외국인 기숙사의 3평짜리 방 한 칸이었다. 그 당시 외국인 기숙사는 1인 위주의 시설로, 가족을 위한 공간은 별도로 없었다. 한 · 중 수교가 막 체결되고 난 당시, 자녀를 두고 공부하는 늦깎이 학생 부부가 다섯 쌍 있었던 것으로 기억된다.

기숙사의 다른 외국 학생들 사이에서는 면학 분위기를 해

친다는 불평들이 있었으나, 우리는 미안함을 뒤로 한 채 한국인 특유의 돌파력(무대뽀 정신)으로 그 지난한 시절을 견딘 것 같다. 열악한 기숙사 시설과 좁은 방은 참을 수 있었으나, 백일을 갓 넘긴 딸의 분유병을 삶을 때마다 고민이 되었다. 공용수도의 물속에 석회질 성분이 많아 병을 삶아도 뿌옇게 보여, 깨끗한지 더러운지 알 수가 없을 정도였다. 그럼에도 불구하고 아이가 지금껏 건강하게 자라주어 고맙기만 하다.

20년이 지난 지금, 중국 특히 베이징의 수질과 공기는 중국의 경제성장과 반비례해서 더욱 나빠진 것 같다. 특히 지난 연초에는 '최악의 스모그 대란'으로 불릴 만큼 심각했다. 스모그 현상이 심해서 스마트폰으로 사진을 찍으면 도심은 안개 속에 잠긴 듯 사방이 온통 뿌옇게 보였다.

한 언론의 보도에는 세계 최악의 환경오염 도시 10곳 중 7곳이 중국에 있다는 내용도 있었다. 무척 '영광(?)스런' 사실이다. 7개 도시를 거론하지는 않았지만 자료를 찾아보니 베이징, 충칭, 타이위엔, 란저우, 우루무치, 지난, 석가장이라고 한다. 나머지 3개의 영광스런 도시는 이탈리아의 밀라노, 멕시코의 멕시코시티, 이란의 테헤란이라고 한다. 또한 중국 500개 도시 중 세계보건기구(WHO)의 환경지수에 부합되는 도시는 1%라고 하니, 약 5개 도시만 인간답게 살 수 있는 도시인가 보다. 중국 생활 20여년 중에 10년 남짓 베이징에서 생활했음에도 이만큼 건강한 것은 건강한 유전자를 물려주신 부모님 덕분이라고 생각하니 그저 감사할 따름이다. 친한 주위의 지인들 중에는 내가 중국의 독한 술로 자주 몸 안을 소독해주어 그나마 건강이 유지되는 것이리라고 말하지만, 아무튼 감사한 일이다.

* * *

그런데 이번 스모그 사태를 보면서 놀란 것이 있다. 중국 정부의 대응이 달라진 것이다. 최근 심각한 대기오염 사태를 계기로, 당국의 환경대책을 직접 비난하는 등 새삼 달라진 언론들의 보도 태도가 주목받고 있다. 작년 1월에도 베이징 시민들은 올해 못지않은 스모그로 고통을 겪었다. 하지만 작년만 해도 선진국 수준의 대기오염 측정 시스템 도입 전이었고, 국영방송인 CCTV 등은 오염 자체를 보도하는 것보다는 불안감을 해소하는 데 급급했었다. 환경에 대한 기대치를 낮추라고까지 할 정도였다. 이랬던 분위기가 바뀌어, 초미세 오염물질이 인체에 얼마나 해로운지 강조하는 건 물론, 수천 명이 목숨을 잃을 수도 있다는 외신보도를 인용하기도 한다. 공산당 기관지인 '중국청년보'는 논평을 통해 '스모그보다 더 숨막히는 건 당국의 대응이 시원치 않다는 점'이라고 중국 언론답지 않은 보도 행태도 보였다. 관영매체를 포함한 언론들의 질타가 이어지자, 정부 관리들은 앞다퉈 대책을 밝히는 기자회견을 여는 등 진땀을 빼고 있는 실정이다.

상해시에서는 스모그와 미세먼지 등과 같은 대기오염이 발생하면, 유치원, 초·중등학교에 문자로 알려주는 조기경보시스템이 구축되었다는 보도도 있다. 새로운 정부가 들어서서인지, 당국의 대응이 달라지고 있다.

스모그와 마찬가지로 최근 음식에 대하여도 중국인의 인식이 달라지고 있음을 알 수 있다. 오리지널과 똑같은 외형으로 유명한 중국의 '짝퉁' 중에서도 가장 악명 높은 것이 짝퉁 음식이다. 석고로 만든 가짜 두부, 공업용 과산화수소수와 해조산나트륨을 첨가해 만든 가짜 샥스핀(상어 지느러미)까지 버젓이 유통된다. 경제논리 이전에 인간의 생명과 연관된 먹거리를 돈벌이에 악용해서는 안 되는 줄 알면서도 중국에서는 이제껏 아무렇지도 않게 짝퉁 음식들이 만들어지고 유통되었다. 하지만 최근 중국인들도 건강에 대한 관심이 부쩍 커지고, 유해한 음식에 대한 경각심이 높아졌다. 요즘 짝퉁 식품, 유해 식품을 적발하는 TV 프로그램이 인기를 끌고 있는 것도 중국인들의 변화된 인식의 반증일 것이다. 문제는 중국인들끼리의 문제라고 생각했던 식품 유해 문제가 외국기업에까지 확대되고 있다는 데 있다. 특히 닭고기를 좋아하는 중국인들에게 KFC의 항생제 사건은 큰 파장을 일으켰다. 매출 면에서도 큰 타격을 받았다고 한다. 최근에는 맥도날드도 비슷한 문제로 곤욕을 치렀다. 중국의 대형 양계업체가 병든 닭을 공급했다는 것이다. 한국도 예외가 아니다. 지난해 10월 농심 너구리 라면에서 발암물질인 벤조피렌이 검출됐다고 보도되자, 중국당국은 즉각적이고도 단호하게 관련 제품에 대해 전량 리콜을 지시한 바 있다.

* * *

이렇듯 음식 시장의 진입장벽이 높아졌지만, 우리에게는 또 다른 기회일 수 있다. 상해가 본사인 한국식 대형 슈퍼마켓인 '천사마트'는 빠르게 성장하고 있다. 현재 7호점까지 개점을 했다. 90% 이상이 한국에서 들여온 한국 제품이고, 정육, 채소, 해산물을 취급하는 차별성을 보인다. 그 때문인지 외국인뿐만 아니라 중국인 고객까지 많이 늘었다 한다. 또한 한국 식품은 믿을 만하다는 인식이 널리 퍼지고 있다고 한다.

　　중국의 스모그나 가짜 음식들은 지속적으로 개선될 것으로 보인다. 그 개선 속도는 중국 정부의 의지에 달려 있다. 물론 그 바탕에는 예전과 달리 변화된 중국인들의 의식이 작용한다고 보아야 할 것이다.

　　중국은 빠르게 달라지고 있다. 그에 비해 우리의 중국을 바라보는 시각은 앞이 뵈지 않는 스모그, 여전히 짝퉁의 나라 중국이라는 식의 인식 수준에 머물러 있지 않은지 되돌아볼 일이다.

　　중국을 바라보는 우리의 시각도 빠르게 바뀌어야 할 때이다.

내가 제일 잘 나가 !
중국에서는 (현지화 전략 -1)

　　한국에서 대학을 다니고 있는 딸이 방학을 맞아 상해의 집에 왔다. 마치 고향집에 온 듯 맘편히 쉬기만 하겠다고 한다. 한국에서 홀로 기숙사 생활을 하며 대학 1학년을 힘겹게(?) 마쳤기 때문에 자신에게 충전할 시간을 주어야 한단다. 하긴 고등학교를 졸업할 때까지 이곳 중국에서 생활하다가 한국에서 대학생활을 하는 것이 한국 학생들과 반대로 낯설 수 있겠다 싶어 그렇게 하라고 허락했다. 딸애는 주로 음악을 들으며 집에서 은둔하였는데, 가끔씩 방을 들여다보면, "내가 제일 잘 나가. 내가 제일 잘 나가, 누가 봐도 내가 좀 죽여주잖아, 누가 봐도 내가 좀 끝내

중국에서
중국을 보다

주잖아” 하는 노랫말을 반복해서 읊조리곤 한다. 그게 대체 누구 노래냐고 물으니, 2NE1이라는 여성 그룹의 노래라고 한다. 한때 는 ‘제일 잘 나가’는 노래였지만 지금은 좀 ‘그리 잘 나가지’ 않는 노래라 한다. 하지만 옆에서 들어보면 여전히 중독성이 있다.

지난 연말 어느 경제지에서, 중국 기업에서 맹활약하는 한 국 기업에 대한 기사를 보았다. 중국에서는 ‘내가 제일 잘 나가! 누가 봐도 내가 좀 끝내주잖아’ 라고 할 수 있는 한국 기업들은 어떤 게 있을까? 우선적으로 떠오르는 것은 ‘오리온’ 이다. 오리 온은 지난해 중국 시장에서 1조 원이 넘는 매출을 기록했다고 한 다. 2012년, 한 해 동안 판매된 초코파이 수는 6억 7000만 개. 2007년에 1,413억 원이라는 매출을 올리고, 2009년 4,067억 원, 2011년 7,032억 원, 그리고 2012년에 1조 원이라는 경이적인 매 출 기록을 내었다. 연평균 40%대의 신장률이다. 지난해 중국 인 구가 13억 명 정도임을 감안하여 계산하면 중국인 두 명 중 한 명 은 초코파이를 사먹었다는 결과가 나온다. 중국 제과 시장을 약 12조 원 규모로 추산한다고 하는데, 오리온은 2010년부터 펩시 를 제치고 중국에 진출한 글로벌 제과업체 중 매출 2위를 달성했 다고 한다. 그 성공 요인은 어디에 있을까? 내가 제일 잘 나가! 의 그 요인은?

해답은 철저한 현지화 전략이다. 중국 내 TV 광고를 보자.

두 명의 초등학생과 한 노인이 버스정류장에서 버스를 기다리고 있다. 버스가 도착하자마자 초등학생 둘은 쏜살같이 버스에 올라 서로 좌석을 차지하려 한다. 뒤늦게 버스에 오르신 노인네에게 서로 양보하기 위해서이다(광고는 광고일 뿐, 중국에서 실제로 그런 광경을 많이 보지는 못했다). 인자한 노인네는 들고 있던 손가방에서 '초코파이'(중국어로는 好麗友. '좋은 친구'라는 의미이다.) 두 개를 꺼내서 학생들에게 나눠준다. 마지막 장면에는 '仁'이라는 글자가 나오며 엔딩된다. 그지없이 평범하고 단순하다, 내가 보기에는……. 국내에서는 '情'을 주제로 한 광고와 마케팅에 주력했으나, 중국인들은 인간관계에 있어 仁을 가장 중시한다는 점에 착안해, 포장지에도 仁 자를 인쇄하는 등 현지화한 마케팅 전략이다.

또 하나 기억될 만한 사건도 있었다. 1995년에 중국 남부지역에서 판매되던 초코파이가 폭염으로 인해 녹아버리는 문제가 발생했다고 한다. 오리온에서는 고심을 하다가 10만 개 전량을 수거해 소각했다고 한다. 그 사건은 중국 소비자들에게 믿을 만한 브랜드라는 인식을 심어준 커다란 사건이 아니었나 한다. 내 중국 친구들도 초코파이(好麗友)가 한국 회사 제품인 것을 모른다. 그만큼 현지화가 잘 되지 않았나 싶다.

내가 거주하고 있는 상해 구베이의 명도성 아파트 옆에는

SPC 그룹의 파리 바게트 1호점이 있다. 2004년에 오픈하였다.
내가 어렸을 때는 회사의 전신이 삼립식품, 샤니빵으로 불리던
제빵 전문 기업이다. 한국의 글로벌 위상만큼 브랜드도 세련되
어진 것 같다. 파리바게뜨는 작년 9월 중국 베이징 난잔(남부역)

* * *

에서 100호점을 열었다. 2004년 중국 상하이에 1호점을 개설하여 해외에 진출한 지 8년 만이다. 그에 비하여 한국 여행객들이 상해에 와서 즐겨 가는 신텐디(신천지) 초입에 있던 프랑스 대표 베이커리인 '폴(Paul)'과 '포숑(Fauchon)'은 중국에서 더 이상 볼 수가 없다. 중국인이 원하는 메뉴 구성에 실패하였고, 지나치게 높은 가격으로 인해 중국 소비자로부터 철저하게 외면당했다. 그에 반해 파리바게뜨는 철저한 현지화 전략에 1+1 전략을 시행하였다. 현지화 전략에 지역별로 다른 지역 차별화 전략을 시행한 것이다. 베이징과 상하이 사람들 맛에 대한 선호도가 다른 점을 캐치한 것이다. 같은 매장이지만 지역별 상품 구성을 달리 하여 그야말로 현지화 +지역 차별화 전략을 구사한 것이다.

시장은 거대하지만 진입장벽이 높은 중국에서 단기간에 100호점을 개점했다는 것은 남다른 '강호의 내공'이 존재한다는 것을 보여 준다. 아직도 많은 중국인들은 파리바게뜨를 프랑스 정통 베이커리인 줄 안다. 웃을 일이지만 그만큼 진정한 현지화가 이루어졌다고 말할 수 있다.

2004년 북경에서 상해로 근무지를 옮겼을 때, 상해의 농심 법인에서 성공 사례 특강을 들었던 적이 있다. 농심이 처음 신라면을 시장에 출시하고 시장 반응을 기다렸는데 기대 이상의 매출이 나오지 않았다고 한다. 원인을 알아보니 대부분의 소비

중국에서
중국을 보다

자들이 봉지 라면인 신라면을 컵라면 먹는 방식으로 먹고 있었다고 한다. 냄비에 물을 끓여 라면과 스프를 넣고 익혀 먹는 것이 아니라, 봉지에 스프를 털어넣고 뜨거운 물을 부어 4~5분간 불렸다가 먹으니 제대로 맛이 날 리가 있었겠는가? 그 이후에는 TV 광고에서 대대적으로 '아빠와 아들'(개그 콘서트의 한 코너처럼)이 라면을 끓이는 것을 자세히 보여 주는 데 초점을 두었다는 얘기가 기억난다. 아울러 마오쩌둥이 했던 명구를 희화화하여 히트를 쳤다고 한다. "만리장성을 오르지 않으면, 사나이가 아니다(不到長城 非好汉)"를 "매운 신라면을 먹지 못한다면 사나이가 아니다(吃不了辣味, 非好汉)"라는 말로 바꾸어 내보냈던 것이다.

그러면 이런 현지화란 어떻게 해야 하는 것일까?

중국은 노다지로 시작해 신기루로 끝나기 쉬운 시장이라고도 한다. 인력의 현지화, 제품의 현지화, 관리의 현지화……. 그런데 그 현지화는 어느 정도까지 되어야 할까? 어떻게 해야 가장 효과적일까?

이 질문에 누가 명쾌한 해법을 제시할 수 있을까? 다음 장에서 좀더 알아보려고 한다.

05

내가 제일 잘 나가!
중국에서는 (현지화 전략 -2)

　　SK그룹의 올해 조직 인사는 SK차이나부터 시작되었다. 중국 현지인 출신인 순즈창 부총재가 대표이사로 사령탑에 올랐다. 최근 비상경영체제를 선포한 SK는 현지인 CEO를 채용할 정도로 현지화에 집중하고 있다. SK차이나에 근무하는 한 지인은 '현지인 인력을 채용하고 고급 네트워크를 형성하는 것을 목표'로 한다고 한다. 내부적으로도 해외시장이 아니라 자기시장으로 인식해야 한다는 분위기가 형성되었고, 직원들에게 파견인력이 아닌 해당국가 근로자라고 교육한다고 한다. 특히 SK가 중시하는 '패키지 딜'*이 탄력을 받게 될 거라고 하면서……

그러나 내가 알기로는 SK차이나가 현지인 사장을 채용한 것이 이번이 처음은 아니다. 2001년에도 인텔차이나 부사장 출신이며 미국 국적의 중국인인 씨에청 대표가 SK차이나의 수장으로 전격 발탁되었다. 그 당시에도 완전한 중국 기업을 만들어 중국경제발전에 기여하는 SK를 만들겠다는 기치하에 "중국인에 의한, 중국인을 위한, 중국 기업 SK"를 만들자라고 호언했었다. 그러다가 다시 한국인 CEO 체제로 돌아갔고, 올해 다시 새로운 SK 현지화가 시작되었다. 사실 SK는 삼성이나 현대차에 비해 중국에서 '성공'이라고 내세울 만한 아이템이 없다. 현지화는 가장 먼저 크게 외쳤는데, 왜 성공을 하지 못했을까?

그러면 현대자동차나 삼성은 탁월한 현지화로 성공한 것일까? 북경 현대차의 주재원은 계열사 직원을 포함해 약 200명 정도라고 한다. 그 많은 주재원들이 모두 중국통도 아니고 현지화되었다고 얘기할 수도 없다. 또한 현대차 이외에도 GM, 폭스바겐 등도 중국 시장에서 크게 성공하고 있다. 중국 자동차 소비시장이 좋았기 때문이라는 점도 부인할 수 없다. 중국이 지난 2006년부터 일본을 앞질러, 단일 규모로는 미국에 이어 세계 2위의 시장으로 성장했기 때문이다. 물론 현대차에서도 현지화 경영차원에서 시장환경에의 빠른 적응, 정부와의 우호적인 관계 수립, 지속적인 중국 사회·문화적인 분야의 지원 등의 노력을 하였고, 그것이 초기 시장 진입이나 연착륙에 긍정적으로 작용하였고, 그것이 초기 시장 진입이나 연착륙에 긍정적으로 작용하였다. 마케팅 전략에서도 디자인 차별성, 합리적인 가격선 유지, 독점적인 판매망(4'S점) 구축을 기반으로 성공할 수 있었다. 그 외에도 중국인의 문화적 습성 반영, 비주얼적인 임팩트 사용을 통한 시선집중 등의 성공요인을 찾을 수 있다. 그러나 필자가 생각하는 가장 효과적인 성공 요인은 '북경현대'라서 더 가능하지 않았을까 한다. 북경현대는 현대차와 북경시가 지분을 50:50으로 절반씩 소유하고 있는 회사이다. 이것이야말로 탁월한 현지화가 아닌가 싶다.

* * *

한국 기업들이 중국에서 성공하기가 쉽지 않은 이유는 크게 두 가지라고 생각한다. 하나는 가장 많은 사례로 '중국 시장을 만만히 보고 진출하는 것'이다. 특히 경영자의 성급한 판단과 리스크 헷징(risk hedging)에 대한 준비 없는 안일한 사고방식이다. 흔히 중국인 특유의 느리고 게으른 속성을 민족성쯤으로 이해하고 만만디(慢慢的)라고 부르며 중국을 정말 만만하게 보는 경향이 있는데, 이는 심각한 오판이다.

다른 하나는 중국인 직원들의 잠재능력을 끌어내지 못한다는 점이다. 중국에서 대만 기업들은 승승장구하고 있다. 특히 종

중국에서
중국을 보다

업원들의 잠재능력을 가장 잘 활용하며, 직원들을 긴장과 압박으로 몰아가면서 최고 효율을 창출한다고 한다. 그 대만 기업들도 잠재능력의 70%정도밖에 이끌어내지 못한다는 통계가 있다. 물론 그 이면에는 여러 가지 요인들이 있겠지만 말이다. 전통적인 한국식 관리기법으로 중국인들을 대하던 시대는 지났다. 중국 속담에 "길을 만드는 자는 성을 쌓는 자를 이긴다."라는 말이 있다. 잠재능력을 단번에 끌어 올릴 수 있는 길을 만들어 내야 한다.

아울러, 유념해야 할 것은 현지화를 논하기 전에, 시장 진입 전에 제품이나 사업을 하려고 하는 행태가 중국의 마켓타이밍에 적합한가를 잘 파악해야 한다는 것이다. 물론 대기업은 충분한 자금과 인력 등을 갖추고 있으니 다를 수 있다. 하지만 일반적인 중·소상인이나 소규모 비즈니스의 경우, 초기에 매출을 올리지 못하거나 마켓타이밍을 맞추지 못하게 되면 시작부터 휘청거리게 된다.

아는 친구 하나는 베이징 왕징에서 약 6년 전에 주재원 생활을 끝내고 커피숍 비즈니스에 뛰어들었다가, 약 3년을 분투한 끝에 사업을 접어야만 했다. 시장의 수요가 없었기 때문이다. 그러나 요즘의 왕징에는 카페베네 2호점을 비롯해 만커피, joo 커피 등 한국계 커피숍 이외에도 정체불명의 커피숍이 즐비하다.

회전율은 잘 모르겠지만, 가끔씩 들를 때마다 손님들로 북적거린다. 최근에 비행기를 타보면 승무원들의 음료 서비스 타임에 손님들의 열의 일곱은 커피를 요구한다. 10년 전의 중국과는 천양지차이다. 해외여행, 인터넷의 발달과 함께 중국인들도 트렌드를 알게 된 것이다. 현지화를 논하기 전에 알아야 할 중요한 팩트가 아닌가 한다.

　내가 중국에서 일하면서 현지화에 대해 느낀 점은 크게 두 가지이다.

* * *

중국에서
중국을 보다

첫째, 현지화는 현지화 이전에 '현지'에 대해 정확히 알아야 한다는 것이다. 중국의 변화 속도는 엄청나게 빠르다. 이 변화를 읽고 그 속에서 비즈니스 기회를 잡아야 한다는 것이다. 실례로 중국은 TV에서 VTR을 거치지 않고 바로 VCD, DVD시대로 넘어갔고, 전화기 보급이 제대로 되지 않은 채 바로 핸드폰 시대로 발전한 압축 성장의 나라이다. 중국시장을 우리의 개도국 시절, 혹은 선진국이 밟아온 길을 그대로 답습하는 시장이 되리라고 판단하는 것은 커다란 오산이다. '엘도라도의 황금'을 찾으려면, 엘도라도에 대해 잘 알아야 하는 것처럼 중국에 대해 많이 공부하고 보다 많은 중국인들과 소통하는 수밖에 없다. 현지에 답이 있기 때문이다. 다이내믹한 한국인들은 다른 나라의 기업인보다 더 잘할 수 있다. "산업화 시대에는 큰 것이 작은 것을 이기지만, 정보화 시대에는 빠른 것이 느린 것을 제압할 수 있다."는 말처럼.

둘째, 나 자신부터 현지화해야 한다는 점이다. 유창하게 중국어를 구사하는 서구인들은 많이 보았지만, 유창한 한국 사람들은 많이 접해보지 못했다. 수준도 대부분 그럭저럭 소통이 가능한 정도이다. 우선 공부를 하지 않는다. 중국 소설을 보는 사람도 거의 보지 못했다. 중국 신문도 마찬가지이다. 우리나라의 '고수'와 비슷한 중국 향신료 '향채(샹차이)'가 들어간 음식을 싫어하는 한국 사람도 절반은 되는 것 같다. 여행객은 이해가 되지만, 중국 현지에서 살면서 중국인들이 즐기는 음식도 같이 공유하지 못한다면 그건 문제가 된다. 조선족이나 한족은 한 달에 3000위엔만 벌어도 비즈니스를 시작하지만 우린 그러지 못한다. 머릿속에서 '겨우 3000위엔을 버는 사업을, 장사를 어떻게 하나?' 하는 생각이 지배한다. 그 사업이 3만 위엔으로, 30만 위엔으로 성장할 수 있는데 말이다.

나부터 현지화가 안 되어 있으니, 중국의 코어(핵심)로 들어갈 수가 없다. 같이 꽌시(關係)를 공유하는 이너서클에 진입할 수도 없다.

중국은 계속 성장하고 달라지고 있는데, 우리의 의식은 아직 수교를 맺던 당시의 20년 전에 머물러 있다. 그러고서는 중국 시장은 항상 어렵다고 한다.

> ### TIP
>
> **패키지 딜** : 일괄거래의 의미이나, 여기서는 협력업체나 계열사들의 역량을 모아 지방정부와 사업 협력을 만들어가는 모델을 의미함.

'중국 굴기'
- 강대국의 조건

영국, 프랑스, 포르투갈, 네덜란드, 독일, 일본, 러시아, 미국. 이 나라들의 공통점은 무엇일까? G7 국가는 아니다. 15세기 신대륙 발견 이후 500년 동안 세계 역사의 중심에 섰던 나라들이다.

예전 중국 CCTV에서 제작한 프로그램이 하나 있다. 한동안 중국 지식인 사회에서 큰 반향을 일으켰던 프로그램이다. 원제는 '대국굴기(大國崛起)'로 중국 CCTV 제작진이 전세계 여러 분야의 전문가들과 함께 제작한 방송 프로그램이다. 12부작 다큐멘터리 프로그램과 8권의 '강대국의 조건' 시리즈는 중국 사회에 큰 반향을 일으켜 한동안 중국인들에게 '강대국 신드롬'을 일으

컸다. "강대국은 어떻게 역사의 중심에 우뚝 솟았나" 하는 것이 주요 논제이다.

이때가 2008년이었으니 당시는 중국이 베이징 올림픽을 개최하면서 한층 자긍심이 높아졌을 때이다. 본격적으로 굴기 모드에 시동을 걸 무렵이다. 이 프로그램을 반면교사 삼아, 더 한층 업그레이드하겠다는 의도가 있었던 게 아니었을까 한다. 이미 중국은 외적인 면에서 그야말로 상전벽해된 모습을 보여 준다. 북경과 상해의 시가지나 스카이라인을 보면 뉴욕의 맨해튼 거리가 느껴진다고 출장 온 친구들은 말한다. 2012년 중국의 1인당 GDP는 6000달러를 초과했다. 베이징은 12,447달러이고 상해는 13,000달러에 육박하여 중국 최고를 기록했다. 자료를 검색해보니 2002년의 1인당 GDP는 1,135달러로 10년 사이에 5배 이상 늘어났다. 실제로 중국 전문가들은 2010년 전후로 3000달러를 예상했는데, 이보다 높은 신장률을 보여 준 것이다. 덩샤오핑이 추진한 도광양회(韜光养晦 : 칼집에 칼날의 빛을 감추고 어둠 속에서 은밀하게 힘을 기른다)에 이어 후진타오 체제가 추진한 화평굴기(和平崛起 : 평화롭게 굴기한다) 정책으로 무섭게 굴기하여 G2라는 신조어를 만들며 미국과 어깨를 나란히 하고 있다. 물론 세계적 금융위기와 전세계적인 경기침체의 터널을 지나며 중국도 한층 조심스러워 보인다. G2라는 단어에도 크게

* * *

반기지는 않는 모양새다. 아직은 준비가 좀 덜 되었다는 중국 특유의 제스처랄까?

필자가 예전에 좋아했던 배우 중 해리슨 포드라는 배우가 있다. 특히 스필버그 감독의 '인디애나 존스' 시리즈는 스펙터클한 영화로 많은 돈을 번 영화라 한다. 그 제 1편이 1930년대의 상해가 배경인데, 내 기억에도 그 당시 상하이의 모습은 세계경제의 중심지답게 화려했다. 이제 중국이 그때의 영화(榮華)를 다시 찾으려 하고 있다. 객관적으로 따져보면 역동하는 화려한 마차를 옆에 두고 있는 우리도 손해 볼 것은 없다. 역사적으로도 중국이 가장 부유했을 때 우리도 경제적으로 좋은 시절을 구가했다.

중국은 현재 강대국이지만 선진국은 아니다. 선진국의 조건이란 무엇일까? 사전적 의미를 떠나, 사람이 편안하게 살기 좋은 나라가 아닐까? 경제적 면뿐만 아니라, 정치·사회·문화를 망라하여 전반적으로 훌륭한 의식이 있는 나라, 자기 힘으로 살아갈 수 있는 나라가 바로 선진국이 아닐까 한다. 몇 년 전이지만 프랑스에서 금붕어 어항을 둥근 것을 사용하지 못하게 하는 법안이 통과되었다는 기사가 생각난다. 둥근 어항은 금붕어의 눈을 손상케 한다는 이유에서이다. 충격적인 기사였다. 아마도 이런 것이 선진국의 조건이자 자격이 아닐까?

중국에서 살아가며 중국의 성장을, 굴기를 질시할 수는 없다. 중국이 성장해야 우리에게도 많은 기회가 주어질 것이다. 단, 중국에 바라는 점이 있다면, '강대국의 품격'에 맞는 소프트웨어도 같이 성장했으면 하는 것이다. 타인에 대한 배려, 질서, 위생, 환경 등에 대한 인식도 같은 속도로 성장해주길 희망한다면 지나친 바람일까?

중국의 굴기와 함께, 강대국다운 '품격의 성장'도 기대해본다.

중국에서
중국을 보다

아래 글은 최근 SNS에서 유행하는 중산층의 의식과 관련한 유머이다. 재밌는 내용이라 적어본다.

첨언 : 중산층의 기준

• 한국
- 부채 없는 아파트 30평 이상 소유, 월 급여 500만 원 이상, 자동차는 2000CC급 중형차, 예금액 잔고 1억 원 이상 보유, 해외여행 1년에 한 차례 이상.

• 프랑스(퐁피두 대통령이 'Qualite de vie'에서 정한 기준)
- 외국어를 하나 정도 할 것, 직접 즐기는 스포츠가 있어야 하고, 다룰 줄 아는 악기가 있어야 하며, 남들과는 다른 맛을 낼 수 있는 요리를 만들 수 있어야 하고, '공분'에 의연히 참여할 것, 약자를 도우며 봉사활동을 꾸준히 할 것.

• 영국(옥스퍼드대에서 제시)
- 페어플레이를 할 것, 자신의 주장과 신념을 가질 것, 독선적으로 행동하지 말 것, 약자를 두둔하고 강자에 대응할 것, 불의 · 불평 · 불법에 의연히 맞설 것.

• 미국(공립학교에서 가르치는 기준)
- 자신의 주장에 떳떳하고, 사회적인 약자를 도와야 하며, 부정과 불법에 저항할 것, 그 외 테이블 위에 정기적으로 받아 보는 비평지가 놓여 있을 것.

하이파이(海派) 對
징파이(京派), 왜 다른가? (1)

엊그제 베이징 수도공항에 도착하여 택시를 탔다. 목적지가 왕징이라 사실 기사 양반이 투덜대겠구나 하는 걱정도 있었다. 내가 "왕징"이라고 목적지를 얘기하니 이 북경 기사 양반은 뒤도 돌아보지 않고 "이바이콰이(100위엔)"라고 대답한다. 지금까지 경험으로 보면 공항에서 왕징까지는 45위엔 정도의 금액이 나온다. 딱 두 배의 금액을 부른 것이다. 대답도 하지 않고 앉아 있으니, 기사가 슬쩍 뒤돌아보며 내 표정이 심상치 않음을 알고, 그럼 내리란다. 저 앞에 보이는 공항버스를 타라고 툴툴거린다. 매번 겪는 일이다. 이렇게 베이징 수도공항에서 택시를 타고 단거리를 가자면 열의 여덟은 몹시 툴툴거리거나, 짜증을 확 내거나 했는데, 급기야는 두 배의 요금을 부른다. 내 짜증도 두 배로 증폭된다.

지난주에는 서울 김포에서 출발하여 상해 홍교공항으로 내렸다. 상해 2공항은 구조가 인천공항처럼 잘 되어 있지는 않지만 그래도 만족할 만한 설비를 갖추고 있다. 택시를 타는 곳에는 베이징처럼 공안복 같은 복장이 아닌, 민간 서비스 복장을 하신 분이 택시 안내를 한다. 베이징은 택시가 들어오는 대로 일렬로 탑승하기 때문에 손님의 동작이 굼뜨거나 짐이라도 많으면 지체되기 일쑤다. 하지만 상해 공항은 대부분 택시들이 옆쪽에 사선으로 정차공간을 구분해놓아서 공항 안내자의 안내대로 탑승하면 된다. 베이징보다 택시가 빠져나가는 속도가 두 배는 빠르다. 무엇보다도 상해에 6년 살면서 아무리 가까운 거리를 얘기해도 한 번도 짜증내는 기사가 없었다. 상해의 우리 집은 구베이 근처라 공항에서 타면 24위엔 정도가 나오는데 한 번도 툴툴거리는 기사도 없었고, 특히 내가 선호하는 '따중(大衆)' 택시는 항상 기사가 내려서 승객의 짐 부림을 도와준다.

베이징을 폄하하고 상하이를 상대적으로 시스템이 잘 돼있는 선진 도시로 높이 평가하게 되었는데, 그만큼 두 도시의 느낌이 다르다는 얘기이다. 물론 이방인들에게는 어딜 가든 도착지의 첫 인상이 그곳을 평가하는 요소로 크게 작용하는 법이다.
객관적이지 않을 수도 있고, 현지인들의 생각과도 다를 수 있다.

　　한참 전에 홍세화 작가가 쓴 『나는 파리의 택시 운전사』라는
책을 본 적이 있다. 민주화운동을 하다가 프랑스로 망명한 바 있
는 작가는 파리에서 택시 기사를 하게 된다. 택시를 운전하며 프
랑스 사회와 우리 사회의 차이를 보게 되는데, 그 차이를 '똘레
랑스 (tolerance)'로 표현한다. 여기서의 똘레랑스는 원래의 의미
인 '관용' 보다는 '배려'에 가깝다. 나와 다름이 문제가 아니라, 당
연히 다를 수 있음을 인정하고 배려하려는 생활 자세를 역설한
다. 프랑스인들은 공권력으로 인한 통제보다는 무질서가 낫다고

* * *

생각한다는 것이다. 우리나라는 고정관념이 크게 자리잡고 있어, 자기와 다른 상대방의 생각이나 행동 등에 대한 배려가 적다. 민주주의의 요체는 다수를 위해 소수가 희생하는 것이 아니라, 소수의 의견과 권리를 인정하고 존중하는 것임을 간과한다. 그런 점에서 저자가 말하는 똘레랑스의 유무야말로 그 나라의 민주주의 수준과 정도를 가늠하는 척도가 될 것이다.

　우리는 중국을 우리 시각의 단일 '프리즘'으로 보는 경향이 강하다. 다양한 스펙트럼의 중국을 너무 단일한 시각으로 보는 것은 아닐까? 중국이라는 나라는 우리보다 인구는 26배나 많고, 땅덩어리는 우리보다 100배 넓다. 어떻게 하나의 시각으로 볼 수 있단 말인가.

　엊그제 상해에서 출장 온 BIC투자의 김 이사의 말에 따르면, 북경에서는 약속시간을 잡는 게 애매하다고 한다. 약속시간을 잡으려 하면 저쪽 상대방은 대략 오후 4시에서 4시반 사이에 사무실로 오라고 한단다. 그런데 막상 도착해보면, 약속한 상대방이 없거나 4시반이 넘어도 직전 미팅이 끝나지 않는 경우가 허다하다 한다. 상해에서는 약속한 오후 4시반이면 어김없이 상대방이 기다리고 있는 것과 비교하면, 베이징의 이런 문화가 아직은 익숙지 않다고 한다. 그러면서 북경은 VC(Venture Capital) 개념의 낭만적 투자자가 주류이고, 상해는 PE(Private Equity) 위주의 완벽주의 투자자가 대부분이라는 부연설명을 한다. 북경은 사람을 보고 투자하고, 상해는 숫자를 보고 투자한다는 이야기냐 물으니, 그것이 '팩트'라고 한다.

왜 이렇게 다른 것일까? 북경과 상해는 지역적으로 북방과 남방을 대표하면서 정치와 경제로 중국을 대표하는 도시이다. 2006년 국내에서도 출판된 바 있는 『상하이런 베이징런』에서 작자 중 한 명인 왕완이는 이렇게 기술한다. "베이징 사람은 '사랑'을 생각나게 하고, 상하이 사람은 '기회'를 생각나게 한다."

베이징은 고풍스러운 역사의 도시라서 사람의 풍격에도 낭만이 있지만, 상하이는 치열한 생존경쟁의 장이었기 때문에 실리를 추구하는 습성이 생겼다는 뜻이다.

* * *

그 외에 다른 역사적 배경이나 문화는 없을까? 내 상해 친구이자 문화 쪽에 박식한 류사오치는 상해문화의 근간은 하이파이(海派) 문화라고 말한다. 하이파이? 모르겠다는 표정으로 물으니, 그는 내 전공이 중국현대사가 맞냐며 웃는다. 다음부터는 전공이 역사였다는 얘기는 하지 말아야겠다. 자꾸 밑천이 드러난다. '하이파이'와 '징파이'의 얘기는 지면상 다음 장으로 넘겨야겠다.

하이파이(海派) 대
징파이(京派), 왜 다른가? (2)

　중국어에 '부이딩(不一定)' 이라는 말이 있다. '다르다. 꼭
그렇지 않다.' 라는 말이다. 중국은 베이징과 상하이가 다르며
또 광저우도 다르다. 같은 지역 내에서도 소득 계층 간, 세대
간·직업 간 이질성도 강하다. 이렇게 중국 연구는 그 다양성에
대한 접근과 공부가 필요한 것 같다. 그것이 중국을 이해하는 첫
단계일 수 있다.

　"아라 상하이니(我是上海人 : 나는 상하이 사람이다)"는 상
하이 방언이다. 난 이 말을 썩 좋아하지 않는다. 사실 상하이화
자체를 싫어한다. 상하이화를 자세히 들어보면 겸손의 어투나

54

55

언어의 품격이 썩 있어 보이지 않는다. 물론 100% 내 주관적 생각이다. 암튼 상하이화는 상하이에서 6년을 살았지만 아직도 정이 가지 않는다. 그래서 배우고 싶지도 않다. 언어 자체가 상해 사람을 꼭 닮은 느낌도 든다. 상하이에서 주재 근무를 할 때 남직원 4명, 여직원이 3명 있었다. 상하이 명문대학인 상하이재경대학을 졸업한 천하오는 전형적인 상하이 친구다. 스마트하고 유창한 영어 실력에 착실하기까지 하다. 그런데 4년을 근무하며 제대로 된 회식자리 한 번 갖지 못했다. 퇴근 후면 장을 보고, 집에 들어가 식사준비를 해야 하는 것이 이 친구의 또 다른 일과다. 회사에서 자주 하는 베이징식의 회식자리는 싫어한다. 그러면서 즐겨 하는 말이 상하이 남자는 중국 여자들이 선호하는 결혼 1순위란다. '상하이 거지가 소주 미인을 발로 차버린다'는 농담도 있다고 한다. 그만큼 상하이에서 살면 혜택이 많다는 이야기다.

그런데 난처한 일이 생길 때마다 맥가이버처럼 해결사로 나서는 사람은 언제나 우리 사무실의 미미였다. 남직원들도 으레 미미에게 일을 넘긴다. 남녀의 역할이 뒤바뀌었다고나 할까? 아무튼 상하이에서 벌어지는 일은 '상하이화'로 해결하는 게 정답이다. 남자들이 해결 못하는 일도 여성들끼리 통화하면 대부분 다 풀린다. 신기하다. 상하이 사람들은 두 명 이상만 모이면 상하이 방언으로 대화한다. 주위에서 눈총을 줘도 아랑곳하지

중국에서
중국을 보다

않는다. 그들만의 '대화 코드'인 것이다. 이러니 어떻게 일이 안 풀릴 수 있겠는가? 중국 속담에 베이징 사람들은 타지 사람들을 모두 아랫사람으로 보고, 상하이 사람들은 외지 사람들을 모두 촌뜨기로 여긴다는 우스갯소리가 있다. 이렇게 배타적인 사람들이 상하이 사람이다. 그 근거 없는 배타성과 자존심은 대체 어디서 생겨난 것일까?

원래 상하이(上海)라는 지명의 뜻은 '바다를 향해 나아가자'라는 뜻이다. 중국 지도에도 상하이의 위치는 바다로 나아가는 위치에 있다. 진취적 기상이 느껴진다. 그런데 사람들은 진취적이고 호방해야 맞을 지역적 특성과 달리 너무 소시민적이고 자기중심적이다. 왜 그럴까? 역사적으로 상하이는 일찍부터 외국문화를 접했다. 청조말부터 1949년 중국공산당 정권인 신중국이 수립되기 전까지 상해는 아시아에서 으뜸가는 개방도시였다. 그리고 1978년 덩샤오핑의 개방정책이 다시 시작되기까지 30년의 공백이 있음에도 상하이 사람들의 마음은 여전히 개방적이었다. 그런데 왜 타지역 사람들에게는 배타적일까?

상하이문화를 흔히 '하이파이(海派)' 문화라고 한다. 하이파이 문화는 20세기 초부터 근대까지 상하이의 예술·문화·생활 방식 등의 다양한 상하이 도시문화를 지칭한다. 상하이런(上海人)의 분위기, 특징을 광범위하게 포함하며 신선함, 다양성, 유행을 추구하는 것이 그 특징이다. 한때는 '하이파이 복장', '하이파이 음악'이라는 명칭이 존재하였으며, 또한 다양한 해산물을 추구하는 상하이 음식을 '하이파이 요리'라고도 한다. 상하이는 타 도시보다 앞서 외국문물을 받아들였고, 열강들의 문화와 경제를 흡수, 발전시킬 수 있었다. 다양한 국적의 사람들이 교류하며 개방적인 도시로 자리잡았다. 그러나 자본주의적 풍요로움은 배타적 우월감을 낳을 수밖에 없었고, 그것이 타지역의 촌스러움에 대한 경시 풍조로 나타난 것이다. 이너클럽과 아웃사이더의 관계가 점점 뚜렷해진 것이다. 중국에서 자기가 사는 도시 이름에 감히 '대(大)'자를 써서 '대상하이'라고 지칭하는 도시는 이곳밖에 없다. 북경은 상해와 비교할 수 없을 정도로 모든 사람이 인정하는 대도시지만 대북경이라고 부르지는 않는다.

한편, 베이징의 문화를 '징파이(京派:베이징 분파) 문화'라고 부르는데, 징파이 문화의 특징은 아카데믹하며 전통 중심적이라는 점이다. 계산적이거나 빠른 유행과는 거리가 멀다. 세계 정세의 흐름을 받아들이면서도 중국 고유의 문화와 예술, 전통을 지키려 한다. 따라서 베이징에서는 경영관리와 경제도 알아야 하고, 세계적 흐름도 알아야 하지만, 무엇보다도 중국 전통문화와 가치에 대해 알아야 한다.

모든 분야에 대해 폭넓은 안목을 지니고 있어야 한다. 어떤

* * *

화제든 치고 들어갈 지식이 있어야 한다는 얘기이다.

　이렇게 베이징과 상하이가 다르지만 우리가 그것을 크게 의식할 필요는 없을 것 같다. 물론 스타일과 정서가 맞지 않아 때론 짜증나고 당황스런 때도 많다. 그러나 중국에서 주인은 우리가 아님을 잊지 말아야 한다. 우리는 주류가 아니고 어차피 아웃사이더인 외국인으로 살아가는 사람들이다.

　상하이에 살면 '하이파이' 분위기로, 베이징에 거주하면 '라오베이징' 스타일로 살아가는 지혜가 '하이파이', '징파이'를 넘어서는 우리만의 '초코파이'가 되는 것이다. 이 거대한 중국에서는 다양한 시각으로 재미있게 공부하며 살아가는 것이 참다운 지혜가 아닐까 한다.

상하이와 홍콩
- '상하이 자유무역지대'

　중국의 왕가위 감독이 세계적으로 주목받게 된 영화가 있다. '중경삼림(重慶森林)'이라는 영화이다. 한 세 번쯤 본 것 같다. 영화는 두 가지 에피소드로 이루어져 있고, 네 명의 주연배우가 나온다. 첫 번째 이야기는 사복형사 223호(금성무 분)와 노랑머리 마약밀매상(임청하 분)이다.

　여자 친구에게 차인 금성무는 이별한 그날부터 여자 친구가 좋아했던 파인애플 통조림을 사 모은다. 그런데 통조림의 유통기한이 모두 5월 1일이다. 5월 1일은 금성무의 생일로, 4월 30일 저녁에도 유통기한이 거의 다 된 파인애플 통조림을 사 모은다. 그의 나이와 같은 30개를 사모아 그걸 다 먹을 때까지 여친이 돌아오지 않는다면 사랑도 끝났다고 생각한다. 5월 1일이 그가 정한 데드라인인 셈이다.

영화는 1995년도에 개봉되었었다. 2년 후, 1997년 7월 1일은 홍콩을 영국으로부터 중국에 반환키로 약속된 날이다. 영화는 당시 홍콩인들의 불안한 심리를 잘 읽어내고 표현한 '홍콩영화'의 수작(秀作)이다. 당시 약 40만 명의 홍콩인이 반환을 앞두고 홍콩을 떠났다고 한다. 이미 15년 전의 일이다.

그런데 이번 달 홍콩발 기사를 보니, 지난 10월 1일에 홍콩에서 벌어진 반정부시위 사진이 올라와 있다. 특이한 게 홍콩인들이 들고 있는 국기가 영국 식민지 시절의 깃발이다. 아편전쟁으로 영국에 빼앗겼던 홍콩을 지난 1997년에 반환받은 이후, 중국에 대한 홍콩인들의 불만이 상당히 높아지고 있다고 하며, 홍콩을 관리하는 행정장관이 친중국파가 되면서 오랫동안 영국식 민주주의와 법체계에 익숙해져 있던 홍콩인들이 본토의 공산주의에 불만을 가지고 시위하는 모습의 기사였다. 또한 경제적으로 부유해진 대륙인들이 홍콩에 와서 보여 주는 모습에 대해서도 불만 섞인 목소리가 많다. 이게 작금의 홍콩의 모습인 것 같다.

* * *

　지난주 상해에서 〈상하이저널〉을 운영하는 후배인 오명 대
표가 사무실로 찾아왔다. 이런저런 얘기를 나누다가 최근 상하
이의 핫이슈는 '상하이 자유무역구'의 탄생이라고 입에 침을 튀
겨가며 이야기를 하고 갔다. 사실 얼마 전 어떤 기사에서 흘깃
보기만 했지, 북경에 거주하느라 별 관심이 없었던 게 사실이
다. 오 대표 덕분에 사무실로 돌아와 차분히 '상하이 자유무역
구'를 살펴보게 되었다.

지난주 상하이에서 개최된 한국무역협회와 한국 상회가 공동으로 주관한 '상하이 자유무역지대 우대정책 관련 세미나' 기사를 보니 생각보다 많은 한국 기업들이 참여하여 그 열기가 제대로 뜨거웠던 것을 짐작할 수 있었다. 몇 가지 특징을 살펴보면, 이 자유무역구의 정식 명칭은 중국(상하이)자유무역시범구이다. 중국 정부는 기존의 4개 보세구를 묶어 조성한 이 시범구를 2~3년 운영해 본 뒤 상하이 푸동 전역으로 확산시켜간다는 계획이다. 상하이 푸동의 크기만 해도 서울의 2배에 맞먹는 규모이니, 푸동 전체가 자유무역지대로 지정되면 그 파급력도 어마어마할 것이라는 전망이다.

자세히 보니, '중국(상하이)자유무역시험구 총체방안'이란 것이 있다. 이것은 중국 공산당 중앙과 국무원이 작성한 것인데, 시범구의 전체적인 계획, 목표, 주요 정책을 가늠해볼 수 있는 내용이다. 이 '총체방안'을 살펴보면, 크게 투자 및 무역촉진과 금융개방으로 분류된다. 투자분야에서는 금융, 항만. 운송, 상업, 무역, 전문, 문화, 사회 서비스 등 6개 영역에서의 대외개방 확대를 주요 내용으로 하고 있다. 또한 외국인 투자 산업에 대해 '네거티브 리스트' 방식을 채택한 종래의 허가제에서 등록제로 변경한 것이 특징이다. 더욱 쉬워졌다는 골자의 얘기이다.

무역 분야에서는 통관 절차를 간소화해 기업의 편의를 최대화하고, 해운금융, 국제 선박운수 및 관리 등 해운산업의 육성을 목표로 하고 있다. 금융 쪽에서는 그동안 경상계정으로 제한되었던 위엔화의 자본계정 자유태환과 금리 자유화 등을 시행하고 외환관리 개혁을 추진하겠다는 것이 그 핵심이다.

그러나 많은 이들은 이 자유무역구가 제대로 조성되려면 약 2~3년의 숙성 기간이 필요할 거라 조심스럽게 점치고 있다. 그리고 이 자유무역시범구의 가장 '핫'한 이슈는 '금융자유화'가 되지 않을까 조심스럽게 전망해본다. '인민폐의 자유교환성'이 실현된다면 기존 홍콩의 역할이 대폭 축소되면서, 홍콩의 위상이 자연스럽게 대륙, 즉 상하이로 넘어오게 하려는 것이 중국 정부의 '의도'가 아닐까 싶다. 강력한 하드웨어의 구축과 함께 '소프트파워'인 '금융'이 넘어오면 그야말로 상하이 자유무역구는 날개를 달지 않을까?

그 이면에는, 초반에 언급했지만, 영화 왕가위의 '중경삼림'을 상영할 당시의 분위기가 최근에도 홍콩에서 빈번히 일어나고 있다는 점이 보이지 않게 영향을 미치고 있는게 아닐까? '나는 홍콩인이지, 중국인이 아니다(I'M a Hong Konger, not a Chinese)'라는 시위대의 팻말은, '팍스 시니카'를 꿈꾸는 중국에게는 귀에 거슬리는 구호임에 틀림없다. 중국은 홍콩이 반환된 후, 향후 50년간은 일국양제(하나의 국가에 두 체제)와 홍인치

홍(港人治港 : 홍콩은 홍콩인이 다스린다)을 보장했었다. 그러나 경제적 불평등과 민주주의의 후퇴라고 홍콩인들이(중국인이 아닌) 느끼며 올해도 약 40만 명이 모여 시위를 거행한 것은 '상하이 자유무역구'를 조기에 완성하게 만드는 또 다른 요인이 되지 않을까 한다.

'중경삼림'의 금성무는 유효기간이 적혀 있는 통조림을 사모으면서, "유통기한이 없는 통조림은 없을까? 사랑에도 유통기한이 없으면 안 되나" 하고 읊조리지만, 지금 홍콩의 현실은 그런 바람에서 너무 멀어져 있다. 이미 '대륙으로의 회귀열차'에 탑승했을 뿐이다. 그리고 예전 홍콩의 영광을 중국인들은 '상하이'에서 다시 찾으려 한다. 그 부활의 조짐이 '조용하게 준비되고 있는 상하이 자유무역구'로부터 시작된다고 생각하는 건 너무 앞서가는 것일까?

아직은 시작 단계라 상하이 자유무역지대의 성공을 점치는 것은 이를지 모른다. 그러나 나는 향후 20년 후를 얘기하라면, 100% 상하이의 KO승일 거라고 확신한다. 이미 대세는 중국 쪽으로 기울었기 때문이다.

중국에서
중국을 보다

중국 비즈니스의 이동

옛말에 전쟁의 승패, 집안과 나라의 성쇠는 모두 좋은 시기와 지리, 인화(人和) 등의 영향을 받는다고 하였다. 특히 중국에서 비즈니스 활동의 성공 여부는 반드시 자연·사회·정치·시기 및 경제 등을 포함한 비즈니스 환경에 좌우된다.

엘빈 토플러의 『권력 이동(Power Shift)』이라는 책에서 저자는 인류의 역사에서 권력이 이동하는 모습과 법칙에 대해 설명하였다. 그러면 한·중 수교 20년이 지난 작금의 시기에 대중국 비즈니스는 시대별로 어떻게 변화해왔는지 생각해보는 것도 중요한 일이라 본다.

2013년 6월말에 박근혜 대통령이 3박 4일간 중국을 국빈

방문했다. 대통령의 이번 중국 방문 목표는 마음과 믿음을 쌓아
가는 여정이라는 '심신지려(心信之旅)'를 슬로건으로, 전략적 협
력동반자 관계의 내실화'로 정했다. 특히 중국 서부의 지방도시
인 시안(西安)을 방문하였는데, 시안은 현재 삼성반도체 공장을
건설중인 지역으로, 향후 내수시장 개척이라는 의미가 있다. 현
재 중국 경기가 썩 좋지 않은 상황에서는 중국 시장에 대한 제품

* * *

중국에서
중국을 보다

별·지역별 차별화된 접근이 필요하다고 보는데, 특히 내수시장을 위한 중국 시장 진출의 타이밍도 중요하고 미개척 지역에 대한 역발상적 접근이 필요한 상황이라는 데 그 의미가 있다.

시대별 비즈니스 환경의 변화 양상을 보면, 한·중 수교가 정식 체결된 1992년 이후 1990년대는 수교 초창기라 중국어를 구사하는 것만으로도 기회를 얻을 수 있었다. 한·중 수교가 전격적으로 이루어지다 보니 중국어 전문가도 양성되지 못했기에 가능한 일이었다. 대부분의 주재원들은 말할 것도 없고, 지사장, 지점장급으로 발령 난 분들도 그전 대만 주재 경력이 조금 있거나, 학부 전공이 중국어이기만 하면 중국어 구사 수준과 상관없이 발령나기 일쑤였다. 주재원이든 개인 사업자든 '중국어를 안다는 것' 자체가 절대 경쟁력이고 기회인 시기였다.

2000년대에 진입하여서는 대중 비지니스 기회가 좀 다른 양상을 보인다. 2000년대를 전후하여 '브릭스(BRICS)'라는 용어가 등장하며 브라질, 러시아, 인도, 중국 등이 빠른 경제성장을 보였고, 그중 단연 선두에 위치한 중국이 세계경제의 주목을 받게 된다. 특히 한·중 수교 이후 90년대 중반부터 시작된 우리 대기업들의 대중국 제조업 투자는 2000년대 초반 들어 대기업의 협력업체, 중소기업들까지 동반진출하며 가장 활발해졌다. 세계의 공장인 'China'에 저렴한 생산기반을 갖출 수 있다는 것이 큰 매력으로 작용했던 시기라 볼 수 있다. 많은 중소기업들이 북경, 천진, 산동성에 자리를 잡기 시작했다. 아울러 '통역관'으로서 교포인 조선족들의 활약이 활발했던 시기이기도 하다. 조선족을 폄하하는 이야기들도 많지만, 실제로 중국 진출 초창기에 조선족들은 나름대로의 큰 역할을 해냈다고 생각한다. '중국어를 안다는 것' 자체가 경쟁력이었던 90년대를 지나 어느 정도의 중국어 구사능력과 중국에 대한 이해가 필요조건으로 자리매김하기 시작한 시기였다.

2010년대의 중국은 이제 완전히 다른 양상을 보인다. 개인 평균 GDP 6000달러를 돌파하면서 이제는 세계의 공장인 아닌, '매력 있는 내수 시장'으로 전환하고 있다. 생산기지보다는 Market으로서의 매력이 강해졌다. 우리에게도 새로운 기회와 위기가 공존할 것으로 보인다. 중국의 정책적 환경 변화에 따라 내륙의 '서부 대개발'* 등이 화두가 되고 있다. 또한 한·중 FTA**도 타결을 목전에 두고 있다. 그야말로 비즈니스의 패러다임이 바뀌고 있는 시점이다.

금년초 중국 경기가 다소 둔화되며, 제조업 경기도 활력을 잃고 특별한 동력을 보이지 못하고 있는 상황이다.

중국 정부도 그동안 지속되어온 고성장에 대한 집착보다는 설령 경제성장률이 높지 않더라도 문제가 되고 있는 부동산·

인플레이션을 잡으며 가겠다는 의지를 내보이고 있다. 중·장기적으로 보면 체질개선을 통하여 제대로 된 성장을 하겠다는 것인데, 한 박자 쉬더라도 다시금 비상할 수 있는 중국경제의 기틀이 만들어질 것으로 보인다.

이렇게 대중국 비즈니스의 기회는 시대별로 달라지고 있다. 중국어를 안다는 것이 기회이자 경쟁력이던 시대에서 중국어뿐만 아니라 어느 정도 중국에 대한 이해가 필요한 수준으로, 나아가 이제는 다양한 중국에 대한 지식과 스토리텔링도 할 수 있는 실력이 필요한 시기로, 갈수록 중국에 대한 '높은 내공'이 요구되는 단계로 변하고 있다. 덧붙여 중국 향후 10년은 어떻게 변화할 것인가에 대한 통찰력도 요구되고 있다.

옛말에 "십 리면 바람이 다르고 백 리면 풍속이 다르다" 했다. 때와 지리, 인화의 도움을 받고자 한다면 중국 사회발전의 배경 차이를 이해하고 각 지역에 맞는 자연·경제·문화·지리적 특징을 이해해야 한다. 그게 비즈니스 기회를 잡을 수 있는 방법이라고 생각한다.

이번 방중에 박근혜 대통령이, 지난 정부가 통상적으로 방문하던 상하이, 칭다오가 아닌 시안을 선택한 것은 중국과의 협력이, 기업들의 비즈니스 기회의 축이 내륙으로 옮겨지고 있다는 것을 은연중에 나타낸 것은 아닐까?

기원 전후 시안은 중국 당나라의 수도로서 전세계에서 가장 번영하고 발달된 도시였다. 당시 신라의 선덕여왕은 김춘추에게 당나라의 원군을 요청하게 하여 백제를 침공하고, 당나라에 유학생을 보내어 그 문화를 받아들여 신라의 문화를 융성하게 하는 등 전략적인 삼국정치를 행하였다. 박근혜 대통령에게 나름의 선덕여왕 스타일의 외교정치를 기대하는 것은 무리가 있을까?

TIP

* **서부대개발** : 중국은 개혁 · 개방 이후 동부 연해지역을 우선 개발하는 정책을 펴왔는데, 이로 인해 동서부 지역 간 격차가 지속적으로 확대되었다. 그러자 중국 정부는 2000년부터 국토의 균형발전과 경제성장 지속을 위해 서부 대개발을 국가 정책목표의 하나로 추진하였다. 그리고 서부 대개발을 통하여 심각한 내수부진 문제를 해결하고, 소수민족이 주로 거주하는 낙후한 서부지역의 생활수준을 향상시켜 정치적 안정을 도모하고자 하고 있다.

** **한중 FTA(한중자유무역협정)** : 한중FTA의 논의는 2004년부터 시작되었으나 본격적인 협상회의는 2007년부터 개시되어 2014년 5월에 11차 협상회의가 진행되었다. 중국의 쓰촨성에서 열린 11차 협상에서 양측은 협정문에서 다룰 규범 분야에 있어 상당한 진전을 본 것으로 전해졌다. 다만, 상품 · 서비스 분야에서 양측은 여전히 의견 차이를 좁히지 못하고 있어 올해 안으로 타결이 이뤄질지 귀추가 주목되고 있다.

중국 현대사와 색계(色戒)

중국으로 출장 오시는 분들과 식사를 하거나 한담을 나눌 때면, 중국 역사에 대해 전문가적인 식견을 피력하는 분들이 많다. 중국어 공부는 그다지 열심히 안 하지만, 중국 역사에 대해서는, 특히 고대사 쪽으로는 어떻게 그렇게 잘 아시는지 혀를 내두를 때가 많다. 삼국지의 내용이야 두말할 것도 없고, 가끔씩은 생소한 질문을 던져 나를 당황케 한다. "왜 역사 속의 제왕(천자)들이 굳이 산동성 태산에서 봉선(奉禪)*을 지내는지 아느냐? 하북성에 가면 차 번호판이 '冀'**자로 시작되는데, 그 뜻이 무엇인지 아시냐?" 등등. 혹 내가 "봉선이 무슨 뜻입니까?" 라고 되물으면 혀를 끌끌 차며 "중국 전문가가 아니네……." 하고 폄하하기도 한다.

그럴 때면 난 속으로 뜨끔하곤 한다. 내 전공이 '중국 현대사'이기 때문이다. 그래서 짐짓 전공자가 아닌 척하기가 다반사다. 실제로 공부를 그렇게 치열하게 한 기억이 없어서 중국 역사를 꿰뚫고 있지도 않기 때문이다. 단지 남들보다 조금 더 관심이 있는 정도랄까…….

* * *

戒 | 色

사실 중국 현대사라 하면 많은 분들은 현재의 중국사를 지칭하는 것으로 안다. 학문적 관점에서 보면 '현대'는 근대 이후가 되며, 근대의 하한을 언제까지로 잡느냐에 따라 그 시작의 시기가 정해질 수 있다. 그러면 지금의 시대는? 통상 당대(當代)라 칭한다. 지금 내가 살고 있으면서 경험한 시대를 가리킨다. 엄밀하게 말하면 근대, 현대, 당대는 지금 우리가 살고 있는 시대에서 본 기준일 따름이다. 암튼 당대사의 기점은 현대사의 하한인 1949년, 즉 중화인민공화국을 수립하고 중국국민당의 국민정부가 대륙을 떠나 대만으로 옮긴 때가 비교적 객관적인 기준이 된다. 정리하면 중국 현대사는 1919년의 5.4운동부터 1949년(1911년 신해혁명으로 보는 관점도 있다)까지의 시기를, 중국 당대사는 1949년 이후로 이해하시면 무난할 것 같다.

　　중국 현대사 시기에는 주요한 사건들이 많은데, 그중 1, 2차 국공합작이 가장 주요한 사건이 될 것 같다. 국공합작이란 말그대로 국민당과 공산당의 사이에서 성립된 두 세력 간의 정치적·군사적 협력관계를 말한다. 1차 국공합작은 1921년에, 당시 커져가고 있는 북벌세력을 진압하기 위해 이루어졌다. 2차 국공합작은 일제가 우리나라를 침략하고 만주를 통해서 대륙에 진출하려고 했던 1936년에 계기를 맞는다. 중국은 당시 내부적으로 국민당은 장제스, 공산당은 마오쩌둥이 권력을 쥐고 힘겨루기를 하는 상황이었는데 절대적으로 공산당이 불리했다. 그러나 시안에서 장제스를 인질로 한 사건이 발생하고, 1937년 7월에 중일전쟁이 발발하며 시대적 요구에 따라 2차 국공합작이 이루어졌다. 국·공이 힘을 합쳐 일본에 대항해 항일민족통일전선을 결성하고 내전이 시작된 어지러운 시기가 된 것이다. 이때부터 일본이 패망하는 1945년까지가 중일전쟁 시기이다.

바로 이 시대를 배경으로 한 영화가 있다. 우리나라에서도 크게 히트를 친 중국 영화 '색 계(色戒)'이다. 파격적인 베드신이 있었던 영화로, 탕웨이라는 여배우가 일약 스타덤에 올라 지금도 한국 내에서 상당한 인기를 누리고 있다. 개인적으로 우리 어머니가 중국의 절대미녀로 꼽는 여배우이다.

색계는 격동하는 중국의 현대사, 정확하게는 제2차 세계대전중의 1942년, 일제점령기의 상해를 배경으로 시작하고 있다.

영화에서는 일본 특무기관의 대장으로 홍콩배우 양조위가 열연했고, 상대역인 탕웨이는 당시 신인이었지만 풋풋한 미모로 복합된 감정을 잘 연기하여 스타로 발돋움하였다. 이 영화는 당시의 시대상에 맞는 디테일한 감정연기가 압권이다.

나는 영화를 보면 통상 그 영화의 감독과 작가에 대해 다시한번 찾아보곤 하는 습관이 있다.

'색계'의 작가는 중국내에서 루쉰과 함께 중국 현대문학의

중국에서
중국을 보다

최고봉이라 불리는 장아이링(張愛玲)이다. 이 여류작가는 특히 남녀의 연애이야기를 세련되고 디테일하게 묘사하는 데 탁월하다. 장아이링 자신이 만만치 않은 상류집안 출신이라는 배경도 있지만, 상하이 출신 작가라 더 그러지 않을까 생각해본다. 좀 더 섬세한 상하이 여성의 시각이 반영되어 있다는 이야기이다.

감독은 이안(李安). '와호장룡', '음식남녀'로 유명한 감독이다. 그는 본토 출신이 아닌 타이완 출신의 감독이다. 타이완은 일본의 정서를 많이 간직하고 있는 나라이다. 물론 개인적인 느낌이다.

1940년대 중국 현대사를 배경으로 특급 배우 양조위와 신인 여배우 탕웨이가 발군의 연기력을 보인 영화지만, 또 한편으로는 상하이 출신의 장아이링이라는 절대 작가의 섬세한 원작과 타이완 출신 이안 감독의 연출력이 이 영화를 성공작으로 만든 게 아닌가 한다.

그런데 중국 친구들과 얘기해보면, 중국에서는 영화의 러닝타임이 터무니없이 짧았다고 한다. 노출이 심한 부분은 모조리 삭제되어 상영되었기 때문이다. 국내팬들에게는 그 선정성이 이슈가 되었던 영화인데 말이다.

물론 대부분이 무삭제판을 구해서 보았으리라는 짐작은 해본다.

최근 탕웨이는 한국의 영화감독인 김태용 감독과 홍콩에서
결혼식을 올렸다는 기사를 접했다. '만추'라는 영화의 연출능력
보다도 김태용 감독의 개인적인 연애실력에 존경을 표한다.

TIP

* **봉선(奉禪)** : 천자가 행하는 최고의 의식(천지의 제사)을 말한다. 진의 시황제가
  처음으로 제사를 지내고, 그 이후 한 무제, 후한의 광무제, 당의 고종, 현종, 송
  의 진종, 청의 강희제 등이 모방하였다.
** **익(冀)** : 예전의 기주 땅을 일컫는다. 북녘 북(北) 자에 다를 이(異) 자를 결합한
  글자로, 예전 북방의 이민족이 거주하였던 데서 유래했다고 하나 그 근거는 정
  확치 않다.

보이스(voice) 차이나?

지난주 서울 출장을 가서 오랜만에 친구와 남도 음식점에서 늦은 저녁을 하는데, 종업원이 몇 번을 불러도 모르고 넋이 나간 듯 TV 프로그램에 빠져 있었다. 어처구니가 없기도 하고, 대체 뭐가 그렇게 재미있나 해서 주의를 기울여보니 음악 프로그램이다. '보이스 코리아' 라는 오디션 프로그램인데 포맷이 조금 색다르다. 심사위원들이 등을 돌리고 앉아 있다. 연령도, 외모도 보이지 않는 블라인드 상태에서 오로지 노래 즉 '보이스' 하나만으로 심사를 하는 것이다. 노래가 맘에 들면 그제서야 단추를 누르면 의자가 돌아가며 출연자와 마주보게 된다. 외모도 연령도 관계치 않고 오로지 노래로서 맞짱(?)을 뜨는 독특한 프로그램이었다. 또 하나 특이한 것은 두 명 이상의 심사위원에게 러브콜을 받으면, 출연자가 코치를 직접 선택할 수 있다는 것이다. 실력이 있으면 그 만큼 혜택도 제공받는 셈이다.

다음날 나도 심사위원(?)이 되었다. 친구가 조그마한 중소기업을 운영하는데 회사가 중국 수저우(苏州)에 진출코자 한단다. 중국 업무를 담당할 직원을 면접 보는데 나에게 동석해 달라는 요청이었다. 그날 오후 2명의 중국 업무 지원자를 보면서, 어제 본 '보이스 코리아'라는 프로그램이 떠올랐다. 그 프로그램은 감동과 재미가 있었는데 오늘은 전혀 감동도 놀라움도, 심지어 재미마저 없는 면접이었다. 지원자는 모두 중국 현지에서 대학을 졸업한 젊은 친구들로, 중국 전문가다운 포부를 내보이기는 했지만 내가 보기에는 너무 설익은, 단단하지 않은, 그저 누구나 말할 수 있는 중국 지식 피력에 중국어도 상대적으로 어설퍼 나를 실망케 하였다.

물론 내가 좀 예상치 않은 질문을 하긴 했다.

"모차르트 같은 상사를 어떻게 생각하나요?"

"네?"

대부분은 이렇게 질문에 당황해한다.

"〈아마데우스〉 영화를 보았습니까?"

보통 대답의 반은 봤고, 반은 안 보았다고 한다. 내가 조금 더 부연설명을 한다. 〈아마데우스〉 영화에서처럼 침대에 누운 채 자신의 작곡을 살리에리에게 구술하는 모차르트 같은 상사 스타일…… 부하직원은 받아 적기만 하는, 이런 상사 스타일에 대해 어떻게 생각……? 이때쯤이면 "아!" 하고 감탄사를 내뱉으며 상사와 부하직원의 업무 스타일에 대한 질문이구나 하고 감을 잡는 친구들도 있고, 전혀 무슨 얘기인지 몰라 눈만 껌뻑이는 친구도 있다. 좀 답답하다. 순발력을 보고 대응하는 방식을 보고자 한 건데…….

출장에서 돌아와서 집사람에게 면접 본 얘기와 '보이스 코리아' 프로그램에 대하여 얘기하였다. 난 집사람에게 왜 중국에서 대학을 졸업한 친구들이 한국에서 대학을 다닌 친구들보다 단단하지 못하고 상대적으로 경쟁력이 떨어져 보이는지, 그리고 한·중 수교 20년이 지난 지금도 중국의 꽌시(關係)문화를 들먹이며 자신들의 네트워크가 대단히 좋고, 중국을 잘 안다는 식으로 말하는지, 그런 무모함은 대체 어디서 나오는 것인지 모르겠다며 넋두리를 했다. 집사람이 곰곰 듣더니 내가 생각도 하지 못했던 점을 언급한다.

"그 친구들뿐만 아니고 당신도 내가 보면 가끔 그래." 예상치 못한 일침이다. "당신도 한국에서 오신 분들과 얘기할 때 보면 가끔씩 '붕붕' 떠 있는 듯이 느껴질 때가 있어. 오십이 다 된

나이에……." 더 적극적인 지적이다. 괜히 시작했나 싶다.

암튼 집사람의 논점은 중국을 너무 쉽게 보아서 그렇다는 것이다. 중국보다 많은 면에서 상대적 우위에 있다는 자만감으로 스스로가 경쟁력을 높이기보다는 대충 넘어가려 한다는 것이다. 예를 들어 미국이나 유럽, 일본으로 유학 간 학생들은 그 나라의 상대적인 발전상과 경제력, 그곳 학생들의 학구열에 자극받아 공부하는 마음가짐부터가 틀린데, 중국에 온 한국 유학생들은 그렇지 않다는 얘기이다. 일견 일리가 있다. 뭐, 이 얘기뿐만 아니라 집사람 말은 항상 옳다. 요즘은 그걸 더 실감한다.

사실 중국 대학에 입학하려는 유학생은 기본적인 프리미엄을 받는다. 중국 학생들과 동등하게 경쟁하지 않고 유학생들끼리만 경쟁한다. 하지만 졸업 후의 실전에서는 어떤가? 최근 중국시장은 예전의 '차이나 디스카운트'에서 '차이나 프리미엄'으로 내수시장이 바뀌고 있다. 그러나 중국의 한국 유학생들에게까지 그 프리미엄을 주진 않는다. 그 착각에서 벗어나야 한다. 한국의 대학생들이 가중되는 취업난 때문에 얼마나 치열하게 준비하는지, 또 중고교 시절의 공부량이 어느 정도인지 들여다봐야 한다. 그래서 중국에서 공부하는 학생들은 더 치열하게 공부하고, 미리 준비해야 한다. 중국도 많이 달라졌다. 중국 학생들도, 그들의 부모도, 경제력도 예전의 중국이 아니다. 그걸 딛고 넘어서야지만 제대로 중국 유학의 보상을 받을 수 있다. 유학생들끼리의 경쟁에서 벗어나 중국의 이너서 클로 들어가야 한다. 그러려면 우선 실력을 인정받아야 한다. 그게 유학에서 얻고자 하는 '코어'이다.

한국 기업이나 공사 및 정부기관도 이젠 중국을 알 만큼 안다. 유학생들의 수준이나 그들의 생활도 잘 알고 있다. 중국 관련 인재로 대접받으려면 중국 관련 인재를 수요로 하는 곳의 기대수준을 뛰어넘어야 한다. 한국의 약 140개 대학에 중문과 및 중국학과가 설치되어 있다. 중국에는 우리의 교포인 조선족이 200만 명이다. 그리고 한국으로 유학 가는 외국 학생 10명 중 7명이 중국 학생이다. 이만큼 향후 경쟁구도가 치열하다. 이제 각자의 경쟁력 제고는 학생들의 몫이다.

난 중국 유학생들이 제대로 대접을 받았으면 한다. 그러기 전에 먼저, 제대로 된 중국 지식과 중국어 실력과 치열한 내공으로 무장되었으면 좋겠다. 다시 한 번 얘기하고 싶다. 차이나 프리미엄은 '시장(Market)'을 의미하는 것이지, 학생들의 졸업장이나 학위를 말하는 것이 아니다. 그것으로는 프리미엄을 누릴 수 없다. 그걸 누리려면 넘어서야 한다. 달라지고 있는 중국과 중국 학생들을 딛고 넘어서야 한다. 2%만이라도 앞서야 한다. '엣지 (edge)'도 있어야 한다.

내 이런 생각이나 의식이 유학생들의 실태를 정확히 알지 못하는 기우였으면 좋겠다. 정말 치열하게 공부하고 준비하는 학생들에게 뭘 모르는 '꼰대'의 넋두리로 받아들여졌으면 좋겠다.

중국 시장이라는 거대한 오디션장에 힘과 전율이 느껴지는 보이스를 지닌 우리 유학생들이 많이 나오길 진심으로 기대해본다.

당신들이 중국에서 한국의 미래이기 때문에…….

* * *

새로운 질서에 주목하기

폭염이다. 일주일째 베이징의 날씨는 그야말로 용광로다. 시원스런 한바탕 비를 고대하며 왕징에 있는 카페베네 중국 1호 점에서 집사람과 오랜만에 바깥 데이트를 즐겼다. 녹차빙수를 먹으며 와이프 왈, "최근에 부쩍 달라진 현상이 두 가지 있어요." 아마 내 칼럼에 도움이되라고 얘기하는 것 같다. 그냥 턱짓으로 성의 없이 대꾸하니, 눈을 흘기며 말하길 첫째는 청바지를 입는 사람이 베이징에 최근 무척 많아졌다는 것이고, 둘째는 커피를 주문하는 사람이 청바지를 입은 사람만큼 많아졌다는 이야기이다. 커피 수요가 늘어난 것은 나도 느끼는 바이지만, 청바지에 대해서는 생각지 못했는데, 의류업을 하는 집사람의 말인 만큼 무시할 수만은 없는 것 같다.

　최근 어떤 원인에서 이렇게 빠른 변화가 올 수 있었을까? 물론 지역별로 틀리고 아직도 많은 중국인은 중국의 차를 고집하지만, 최근 2~3년 사이 커피 수요는 놀랍도록 빠르게 늘어났다. 커피숍이 늘어나고 그 안에서 북적대는 손님들이 그 변화를 구체적으로 보여준다. 집사람이 든 청바지의 예는, 왕징 내에 코리아타운이 형성되어 있어 한국 패션의 전파력이 강하고 트랜드도 여느 곳과는 다르기 때문이기도 하지만, 그 역시 변화의 속도가 빠르다.

　이런 중국 사회의 변화는 어디에서 오는 것일까?

　그 변화의 중심에는 역시 'IT'로 대변되는 인터넷의 발달이 있는 것 같다. 지난달 샌프란시스코 공항의 아시아나 항공 사고에 대하여 한국 모 채널의 앵커가 중국인 사망에 대해 보도를 하며, "중국인이라 다행이다."라는 개념 없는 멘트를 하여 그 내용이 당일 실시간으로 중국 전역에 전해져 중국 네티즌의 공분을 샀다. 한국의 아이돌 그룹이 베이징이나 상하이를 방문하면 팬들은 그 일정을 속속들이 꿰뚫고 있다. 그 배경에는 인터넷이 있다. 이렇게 인터넷은 세상을 바꾸고 있다. 인터넷만 있으면 세상 어디라도 갈 수 있다. 쇼핑하고, 친구를 만나고, 과거로 갔다가 미래를 들여다보기도 하고, 사건과 역사를 넘나든다. 인터넷

중국에서
중국을 보다

의 힘은 5천 년 중국의 차 문화와 복장까지도 단기간에 변화시킬 수 있는 힘이 있다. 그야말로 무소불위 변화의 물결이지 않나 싶다.

정보통신부의 '상해 IT 지원센터' 책임자로 재직할 당시, '디지털 전도사'라 불리는 코글로닷컴의 이금룡 대표를 연사로 초청하여 세미나를 진행한 적이 있었다. 이 대표가 강조한 얘기 중에 특히 기억나는 부분은 "아날로그와 디지털은 경쟁원리가 다르다."고 말한 부분이다. 아날로그는 0~9까지 10진법으로 정의되어 9등까지 살아남을 수 있지만, 디지털은 0, 1의 2진법으로 정의되어 1등 아니면 살아남을 수 없다는 것이 요지였다. 엄밀하게 말하면 1등만 존재한다는 것이다. 그만큼 작금의 경쟁논리는 어느 때보다도 치열하다는 얘기이기도 하다. 그의 강의는 열정적인 에너지와 맛깔스런 유머로 두 시간 동안 청중을 들었다 놓았다를 반복했다. 그게 기억되어 2년 후 칭다오에서 다시 만남을 갖기도 하였다.

이렇게 경쟁원리가 다른 디지털 시대에, 우리 대한민국은 자타가 공인하는 '정보화 강국' 혹은 '인터넷 강국'이다. 허나 우리가 세계에서 IT 강국으로 인정받은 시점은 사실 불과 10여 년 전이다. 2000년 이후에 일약 정보화 상위국가에 랭크되었다는 것이다.

우스갯소리 중에 우리나라는 이동통신 산업이 빠르게 발전할 수밖에 없는 민족적 특성을 가졌다고 한다. 술을 마셔도 그날 몇 병을 마셨느냐가 중요한 게 아니라 몇 차까지 이동하며 마셨냐가 강조될 만큼, '이동'에는 타고났다는 것이다. 말이 되는 얘기이기도 하고, 아무튼 우스운 이야기이다.

몇 년 전 웹사이트 분석업체의 조사 결과에 의하면, 세계 5대 검색 포털을 조사했는데, 1위는 예상대로 구글이었지만, 놀랍게도 5대 검색 포털의 마지막 순위는 바로 '네이버'였다. 물론

* * *

중국에서
중국을 보다

1위와 5위 두 기업의 시장점유율 차이는 상당하지만, 자국 단위 시장 점유율을 따지면 이야기는 달라진다. 네이버가 단연 앞서 간다는 이야기이다. 사실 네이버의 전신인 네이버컴도 과거에는 5위권 밖이었다. 2000년대 초까지는 '야후코리아'가 절대강자로서 군림하고, '다음'이 뒤를 바짝 뒤쫓는 상황이었다. 그러나 10년이 지난 지금 야후코리아는 완전히 한국에서 철수하고, 네이버는 최근 독점 및 상생문제가 불거질 만큼 성장하였다. 중국도 이런 맥락에서는 마찬가지이다. 중국 토종의 검색 엔진인 '바이두'가 독보적 공룡기업으로 자리잡고 있는 실정이다.

중국 시장에서 삼성전자와 현대차 등 한국의 대기업들이 대단한 활약상을 보여 주고 있다. 허나 중소기업, 특히 IT 분야에서는 아직 게임업체 등 몇 개 기업을 제외하곤 성공의 과실을 보지 못하고 있다. 내가 중국에서 IT 지원센터장으로 근무할 때만 해도 많은 한국의 중소기업들이 자금 관련 지구력, 경쟁력 있는 인력 확보 문제, 중국 시장에 대한 이해 부족 등의 이유로 학습비용을 엄청나게 지출하고 있었다. 제대로 된 '소프트 런칭'을 못하고 있었다. 그러나 최근에는 예전과 좀 다르게 중소 IT 기업들의 체질이 달라지고, 강해지고 있다는 것이 느껴진다.

성공 인자들이 많아졌다는 이야기이다. 시장을 보는 시각도 단단해졌다. 언어의 경쟁력도, 사업 파트너를 찾는 방법도

스마트해졌다.

20세기 최고 발명품 중의 하나가 인터넷이라고 한다. 우리는 전세계가 인정하는 IT 강국이다. 그리고 가장 강력한 무기인 '콘텐츠'에서도 경쟁력이 있다. 중국 시장에서 붙어볼 만한 강력한 콘텐츠인 '한류'도 있다. 싸이의 '강남스타일'과 '젠틀맨'이 세계적으로 통하듯이 한류는 이제 글로벌 콘텐츠가 되었다.

5천 년 역사의 중국의 차 문화에 커피라는 상품이 빠르게 스며들어 그 시장을 잠식하는 중국 시장의 새로운 질서에 주목할 필요가 있다. 경제의 흐름은 어떤 시점을 계기로 크게 바뀐다는 것을 알 수 있다. 새로운 질서가 창출되고, 우리는 그 새로운 질서에 주목해서 집중해야 할 필요가 있는 것이다. 전 정통부 장관이었던 진대제 씨가 자주 강조하였던 말이 떠오른다.

"산업화 시대에는 큰 것이 작은 것을 이기지만, 정보화 시대에는 빠른 것이 느린 것을 제압할 수 있습니다."

'캐즘 이론'과 중국 Market

마케팅 전략을 얘기할 때 '캐즘 이론(Chasm Theory)'이라는 게 있다. '캐즘'이란 원래 지각변동 등의 이유로 인해 지층 사이에 구멍이 생겨 그 사이가 서로 단절되어 있다는 것을 뜻하는 지질학 용어에서 유래했다고 한다. 이것을 미국 실리콘밸리의 컨설턴트인 조프리 무어(Geoffrey A. Moore)가 1991년 미국 벤처업계의 성장 과정을 설명하는 데 적절하게 차용하면서 마케팅 이론으로 확립되었다.

* * *

그 핵심 내용은 "어떤 새로운 제품이 시장 진입 초기에 대

중화되지 못하고 주류시장에 이르기 전에 일시적으로 수요가 정체 또는 급감하는 현상"을 얘기한다. 그 정체되는 틈이 바로 '캐즘'이라고 설명한다. 케즘 이론에 따르면, 제품을 사용하는 사용자 집단이 4가지로 분류된다. 이노베이터(혁신자) – 얼리 어답터(선각 수용자) – 전·후기 다수 수용자 – 지각 수용자가 그것이다.

우리 주변에서도 새로운 제품이 등장하면, 새로운 기술로 만든 상품을 먼저 구매해보고 사용한다는 것에 매력을 느껴 구매하는 기술 애호가들이 있다. 기업체 입장에서 보면 '혁신자'인 것이다. 또한 이런 혁신자 계층의 영향을 받아 구매하는 계층을 '선각 수용자'라고 표현한다. 신기술이나 신제품이 향후 가져올 응용성을 보고 구매하는 층이기도 하다.

* * *

그러나 전기 다수 및 후기 다수 계층은 실용적인 면을 중시해 여러 가지 참고 사항을 고려한 뒤 실용적인 면이 증명된 후에야 구매하기 시작한다. 기업측에서 볼 때는 이 두 계층의 구매가 일어날 때 비로소 수익성이 개선된다. 그 이유는 이들이야말로 실질적인 구매층으로, 전체 구매의 3분의 2를 차지하기 때문이라고 한다. 끝으로 지각 수용자는 마케팅 효과와 관계 없는 계

중국에서
중국을 보다

층으로, 아무리 마케팅 노력을 하더라도 별 소용없는 계층을 말한다.

* * *

대다수의 벤처기업을 비롯한 많은 기업들이 성공의 문턱을 넘지 못하고 중도에 쓰러지는 것은, 선각 수용자에서 전기 다수로 넘어가는 과정에서 "틈(협곡), 즉 넘기 어려운 캐즘을 만나기 때문이라는 것인데, 우리나라에서도 벤처붐이 불었을 때, 벤처기업의 성공과 좌절을 설명하는 주요 이론으로 자주 거론이 되었었다.

* * *

이렇게 장황하게 캐즘 이론을 들먹인 것은, 서구에서 얘기하는 캐즘 이론이 중국 시장에도 적용될 수 있을까 하는 의문이 들었기 때문이다.

* * *

세계 어디를 가더라도 마케팅 전략을 세울 때 가장 중요한 것은 소비자의 욕구(needs)를 파악하는 것이다. 특히 중국은 절대적으로 다양하게 분할된 소시장들의 집합체라고 할 수 있다.

중국에는 수많은 세분화된 시장이 존재한다는 얘기다. 한국업체들이 처음 중국에 진출했을 때 중국 시장을 후진국형 마켓으로 간주하고 유행이 지난 제품이나 브랜드를 가져와 실패한 경우가 왕왕 있었다. 중국 시장을 잘못 읽었던 것이다.

* * *

다른 각도에서 보면, 시장 세분화 측면에서 표적시장을 축소해서 타기팅할 필요가 있다고 본다. 혁신자와 선각 수용자 시장만 포지셔닝해도 충분히 성공 가능성이 있다는 것이다. 2013년 기준으로 중국은 천만장자(한화 17억 이상 보유) 109만 명, 억만장자(한화 170억 보유)가 7만 명이 존재한다고 한다.

주말인 어제 베이징에서는 한국에서는 좀처럼 보기 드문 전시회가 열렸다. 홍콩의 한 업체가 주관한 '제3회 베이징 호화 사치 브랜드 문화 박람회'라는 이름의 전시회였다. 가장 넓은 면적의 매장에 롤스로이스, 벤틀리, 스포츠카인 람보르기니뿐만 아니라 보석류, 최고급 사치품 등이 진열된, 그야말로 럭셔리 브랜드의 향연장이었다. 이번 전시회에는 한국 업체도 참여하였는데 'G스토리'라는 스크린 골프업체도 있었다. 재미있는 것은 중국에서는 스크린 골프를 개인용으로 구매한다는 것이다. 집이나 별장에서 개인용 엔터테인먼트로서 즐기는 것이다. 이러한 럭셔리 전시회가 중국에서는 한 해에 50회 정도 개최된다.

최상위 구매층에 타기팅되어 있지만, 그 시장의 볼륨이 어마어마한 것이다.

* * *

마케팅을 해도 별 소용이 없는 계층을 '지각 수용자(Laggards)'라고 표현했다. 기업 입장에서는 별 도움이 안 되는 계층이라고 볼 수 있다. 그러나 중국 시장에서는 '지각 수용자'들이 그렇게 수익 측면에서 무시되어도 괜찮은 대상일지에 대해 한 번 더 생각해볼 필요가 있다. 중국에는 아직 구매력이 약한 농민 계층이

약 8억 명이나 된다. 캐즘 이론에서 얘기하는 '지각수용자'가 중국의 '농민'을 지칭하는 것은 물론 아닐 것이다. 하지만 중국 시장에는 문화의 유입 속도 면에서 대단히 늦은 계층들이 있다. 덩샤오핑이 중국의 개혁개방을 시작할 시기에 뉴욕타임즈 기자가 이렇게 질문하였다고 한다.

"중국이 연해지역을 먼저 개방하며, '먼저 부자가 되라!(先富論)'라고 하는데, 그 부가 중국의 내륙지역까지 전파되려면 얼마나 시간이 소요될까요?"

그 질문에 덩샤오핑은 조금도 망설임 없이 "100년이면 되지 않을까요?"라고 대답하였다고 한다.

중국의 대인다운 대답이기도 하지만, 우리 정서와는 너무나 큰 괴리감이 있는 어처구니없는 말이기도 하다. 중국 장사는 또한 시간과의 싸움이라고도 한다. 이러한 점에서 각 수요계층들을 다시금 생각해볼 필요가 있는 것이다.

* * *

그러면 캐즘을 훌쩍 뛰어넘는 방법은 무엇일까? 경제학에 문외한인 내가 그 답을 한다는 것은 얼토당토 않은 일이다. 다만 내 경험으로 볼 때 시장을 선도하는 '기준'이 되는 것이 아닐까 한다. 일례로 '애플'의 강점은 캐즘이 끝나가는 시점에 절묘하게 제품을 내놓는, 이른바 시장 타이밍을 잘 맞춘다는 것이다. 제품을 출시하며 캐즘이 끝나는 것처럼 보이게 한다. 그러나 시장 타이밍보다 더 중요한 것은 '애플'의 제품은 소비자들에게 '기준'의 역할을 한다는 것이다. 시장 선도자가 내놓은 제품들의 기술적인 면이나 성능들이 '애플의 제품'이 나오며 기준을 잡는 역할을 하는 것이다. 이것이 모든 기업들이 추구해야 할 '캐즘 뛰어넘기 또는 극복하기'가 아닐까 생각한다.

* * *

우리의 삼성이 중국 시장에서 애플을 뛰어넘어 소비자들의 인식에 '기준'이 될 수 있을까? 최근 중국 대학생들이 취업하고 싶어하는 기업 순위에서, 삼성은 50위권 밖으로 밀려났다. '애플 짝퉁'으로 불리던 중국의 샤오미(小米:좁쌀)는 16위권에 랭크되었다. 달라진 위상을 그대로 보여 주고 있다.

다시 한 번 우리 기업들도 신발끈을 제대로 동여매고 레이스를 준비해야 할 때이다.

130여 년을 이어간 세계적 필름업체 '코닥'도 한 순간에 무너진 것을 기억해야 한다.

Part 2

중국인

'후흑학'과 '귀곡자'

　　지난주 나의 대학 선배이자 알아주는 '주당'이신 현대위아의 김 부장과 베이징의 왕징에서 한잔 하는데, 책을 한 권 갖고 계신다. 무슨 표지가 시커멓냐고 물으니, 웃으면서 건네주는데 『후흑학(厚黑學)』이다. 아니 '선비' 같은 선배께서 후흑학을 보시냐고 물으니, 중국 주재 3년이 되어가니 그 내용들이 가슴에 확와 닿는다고 한다.

　　『후흑학』의 앞표지에는 이렇게 쓰여 있다. '승자의 역사를 만드는 뻔뻔함과 음흉학의 미학'. 책 뒤에는 이렇게 쓰여 있다. '체면 앞에선 뻔뻔함이 승리하고, 도덕 앞에선 음흉함이 승리한다!' 책 내용을 잘 모르시는 분이 보기에는 웬 '산도적' 같은 얘기인가 할 것 같다.

『후흑학』은 한마디로 '중국의 처세술'을 요약해놓은 책이라고 할 수 있다. 원래는 노자와 한비자의 제왕학이기도 하다. 이종오라는 작자가 청조 말에 출간하였는데, 그 내용에는 '실리를 위해서라면 도덕을 폐하라'라는 파격적 어구가 있어, 대륙 전역에 화제를 불러오기도 하였고, 현대 중국인의 국민성에 가장 큰 영향력을 끼친 저서 중의 하나라고도 한다.

시대적으로 청조 말은 청조가 멸망하고 신중국이 탄생하는 격변의 시기다. 그 시기에 출간된 『후흑학』은 수천 년에 걸친 중국 통치술의 요약으로, 성공의 원리를 후흑(厚黑)으로 보고 있다. 후흑이란 두꺼운 얼굴을 뜻하는 면후(面厚)와 시커먼 속마음을 뜻하는 심흑(心黑)을 줄인 말이다. 쉽게 표현하면 '뻔뻔함과 음흉함'이다. 중국인의 유별난 개인주의도 후흑학의 영향에서 배제될 수 없다.

나는 그날 저녁 김 부장께 그 책이 흥미가 있으시다면 『귀곡자(鬼谷子)』도 한번 읽어보시라고 권했다. 김 부장은 웬 무협지냐며 일갈하시는데 김용의 무협지 정도로 아셨나 보다. 하기야 '귀곡자'라는 이름은 중국 무협지에 자주 등장하는 이름이기도 하다.

『귀곡자』는 중국 처세술인 『후흑학』에 버금가는 책이다. 『후

* * *

흑학』을 방불케 하는 『귀곡자』의 요체는 책략과 유세술이다. 귀
곡자는 전국시대의 사상가로, 소진과 장의의 스승으로 알려진
인물인데 귀곡(신령스러운 골짜기)에 은거하였기에 귀곡자로 불
린다.

　　유세술(遊說術)은 상대의 정보를 염탐하여 그의 심리와 약
점을 이용해 상대를 뺨치고 어르고 달래고 위협하고 띄워주며
신뢰와 총애를 얻는 '유세의 기술'을 뜻한다. 기가 막히지 않은
가? 그야말로 동양 최고의 설득과 협상 교과서인 셈이다.

술이 얼큰해지자 김 부장은 내게 묻는다.

"난 원래 중국통도 아니고 기계학과 출신인 데다, 술은 자신 있지만 비즈니스 협상은 쉽지가 않아. 중국측 상대방이 후흑과 귀곡자의 전술로 무장하고 나오면 우린 어떻게 대응해야 돼? 당신은 중국에 오래 있었으니, 잘 알 것 아니야?"

"형님, 삼성과 현대 브랜드만 가져도 큰 무기인데, 뭘 그렇게 소심하게 구세요? 드시던 대로 술이나 열심히 마셔주면 되는 것 아닙니까."

하지만 김 부장은 마땅찮은 얼굴이다. 그래서 내가 몇 마디 덧붙였다.

"제가 어느 책에서 보니, 중국 비즈니스에서는 '4가지 말고'의 전략이 필요하다 합디다. 일리가 있는 지적이에요!" 그랬더니 "싸가지 전략?" 하며 바로 받는다. 아마 최근 개그 콘서트 프로를 자주 보셨나 보다.

"4가지 말고, 즉 서둘지 말고, 안달하지 말고, 허둥대지 말고, 재촉하지 말고가 '4가지 말고'예요. 우리 한국인들이 비즈니스 협상에서 항상 놓치는 부분이잖아요. 특히 중국에 오면 출장 일정에 쫓겨 느긋하게 협상을 못 하니…….

형님, 예전 기억나세요? 우리 공작기계 영업할 때, 현대보다도 항상 대우(대우종합상사를 칭함) 친구들이 매출 실적이 뛰어났잖아요? 가격대나 제품 퀄리티는 별로 차이가 없었는데……. 제가 후에 대우 친구에게 물어보니, 우리가 2박 3일 출장 일정으로 가서 협의하고 돌아와 출장보고서 쓰느라 정신없을 때, 대우 친구들은 4박 5일 일정으로 출장 가서 이틀은 중국 파트너하고 놀다 온대요. 그 노는 이틀 동안 중요한 입찰정보도 얻고 관계가 더 돈독해지는 것은 말할 것도 없지요? 그 대우 친구들이 우리보다 중국 영업에 한 수 위였던 것 같아요."

그러자 김 부장은 잠자코 고개를 끄덕이기만 한다.

난 내친김에 한마디 덧붙였다.

"중국은 뜸 들이기가 필요해요. 밥이 되었어도 조금만 참고 뜸을 들이는 게 필요합니다. 3분을 못 참아 30분 동안 지은 밥을 설익게 만들 수는 없잖아요. 넉넉하게 뜸들이는 게 경쟁력이에요. 솥뚜껑 금방 열지 마세요!"

후흑학과 귀곡자의 얘기로 시작된 그날 저녁, 우린 그 내공의 초식을 각기 집에 가서 펼쳐 보였다.

집사람의 잔소리를 '뻔뻔함과 되지도 않은 헛소리로' 쉽게 물리쳤고, 술에 취해 귀신같이 쓰러져 누우며 귀곡자의 유세술을 제대로 펼치며 잠들었던 것이다.

BMW 730의 자존심

　며칠 전 집에 들어가니, 아들이 급 굴욕 모드로 무릎을 꿇는다. 또 뭔가 잘못한 일이 있구나 하고 직감한다. 최근 기억해 보니 매년 한두 번씩 빼먹지 않고 사고를 친다. 다 커가는 과정이라고 생각하지만, 참 꾸준하다. 한국 학제로 치면 고2가 된 아들이 요즘 부쩍 멋을 내고 다닌다. 최근에는 담배도 몰래 피우다가 몇 번 나에게 걸렸다. 그것도 독한 담배로 불리는 '빨간색 말보루'였다. 그게 고삐리들의 로망이라고 한다. 나 참!

　그런데 이번에는 심각한 표정이다. 짐작컨대 좀 큰 건이구나 싶어 가슴이 철렁한다. 아들은 대뜸 "아버지, 죄송합니다." 하더니 "BMW 비싸죠?" 한다. 덩치에 어울리지 않는 딱 초딩 수준

의 질문이다. 시침 뚝 떼고 "뭔 일이냐?" 물었더니 이실직고하는
데, 아파트 주차장에서 차량 접촉사고를 냈다 한다. 헉! 불길한
예감은 틀린 적이 없다더니 결국 일을 저지른 모양이다. 마음을
진정시키고 무슨 접촉사고냐고 물으니, 친구에게서 빌린 오토바
이를 며칠 지하 주차장에 두었다가 돌려주려고 끌고 나오다가
사고가 났다고 한다. 피해자는 가해자인 아들이 학생이고, 당황
해서 영어를 구사하니, 키만 압수하고 자기 연락처를 주고 일단
은 보내주었다 한다. 문제는 피해 차량이 BMW 7 시리즈라는 것
이다. 머릿속에는 BMW 730이 떠오르고, 빨간 말보루를 물고 오
토바이를 타려고 했던 아들의 모습이 함께 투영되어 혼란스럽
다. '아들아, 너희 고삐리의 로망이 빨간 말보루라면, 아빠의 로
망은 네가 사고 친 BMW 730이다.' 하고 속으로만 외쳤다.

　　저녁 늦게 또 나를 헛웃음 짓게 한 사건이 있었으니, 아들
이 홀로 노트북에서 검색을 해본 흔적이었다. 네이버 지식인 검
색창에 "차량 사고 쳤을 때, 아버지에게 무어라고 하나요?" 라는
류의 검색어를 입력한 흔적……. 그런데 그 대답이 더 걸작이었
다. "죽었다고 복창하세요!!"

　　다음날 오후에야 피해자에게서 연락이 왔다. 차량은 이미
왕징에 있는 BMW 수리센터에 보냈다고 한다. 아니, 피해차량
이지만 쌍방의 확인 절차도 거치지 않고 독단적으로 수리소에

보냈다니 이해가 되지 않았다. 직접 보시려면 가보라고 주소를 가르쳐준다. 이런 제기랄! 오후에 급한 일을 처리하고 왕징의 BMW 수리센터에 가보았다. 중국에서 오래 생활했지만 이런 격 높은 서비스 분위기는 처음이다. 깔끔한 정장을 차려입은 쉬경리(부장)라는 친구가 피해차량의 사진들을 전과 후로 나누어 상세하게 찍어놓았고, 자기 노트북에 피해차량 이름의 폴더로 깔끔하게 사고 경위가 정리되어 있었다. 이런 BMW같은 작자들……

별반 따질 것도 없었고, 차량은 보험처리하면 되지만, 보험료 인상이 만만치 않으니 피해자와 잘 합의하시길 바란다는 이야기였다. 15분 만에 수리센터를 나오며 떠오른 것은 피해자와 협의할 내용보다는 이래서 명품차를 사는구나 하는 생각이었다.

아무튼 그날 저녁 아파트 휴게실에서 차주와 대면하였다. 60대 초반의 북방 사람으로 인상은 선해 보였으나, 중국 사람은 한 사람도 만만한 사람이 없다는 게 내 경험에서 나온 지론이다. 특히 협상 테이블에서는…….

나는 우선 아들을 대신해 사과했다. 차량사고가 나 며칠간이라도 불편을 끼쳐드려 죄송하다는 말과 함께. 덧붙여 중국에서 사고경험이 별로 없어 어떻게 처리해야 할지 잘 모르겠다는 말도 했다. 그건 사실이었다. 오랜 세월 있었지만 중국에서의 첫

* * *

차량 접촉사고였기 때문이다. 한국에서야 보험회사에 전화 한 통 하고 서로 명함 주고받으면 깔끔하게 끝날 일이다. 물론 고가의 외제 차라면 경우가 다르겠지만……

차주는 내 띄엄띄엄 중국어를 아무 말 없이 듣더니, 중국어를 잘한다고 한다. 외국인 치고는 상당 수준이라고 괜히 띄운다. 중국 생활 3년차부터 듣던 소리다. 내 중국어가 딱 3년차 수준이니……

그러면서 바로 본론으로 들어간다. 어떻게 처리를 했으면 좋겠냐고 하면서 빤히 쳐다보며 내 의견을 먼저 듣겠단다. 사실

중국에서
중국을 보다

만나기 전에 현찰로 합의를 보는 것이 가장 깔끔하다고 주변에서 조언을 해서 1만 위엔을 봉투에 넣어 가방에 준비해 갔었다. 몇 번 서로 먼저 얘기해보라며 양보하다가, 에라, 결정내자 하며 현찰로 보상을 하겠다 하니, "뚜어샤오 치엔(얼마?)" 하며 즉답한다. 순간 고민하다 6000위엔을 불렀다. 내 나름의 판단은 5000위엔은 조금 적은 것 같고, 8000위엔은 좀 많은 듯싶어 절충안으로 부른 금액이었다.

차주의 반응이 너무 즉각적이고 간단해서 나를 놀라게 했다. 그의 입에서 나온 단어는 "하오(好)." 한 마디였다. 협상은 이렇게 10분 만에 끝나고, 그는 압수했던 아들의 오토바이 키를 가지고 오겠다며 집으로 들어갔다. 나는 그 사이에 1만 위엔 봉투에서 4000위엔을 제하고 나머지 돈이 든 봉투를 탁자 위에 올려놓고 기다렸다. 슬그머니 드는 생각이 '중국 사람은 여전히 잘 모르겠어.'라는 것이다. 10여 분 후에 아까보다는 환한 얼굴로 내려온 차주는 오토바이 키를 내주며 내가 내민 봉투를 받더니 돈을 세기 시작한다. 나는 "정확합니다." 하고 얘기했지만, 아랑곳하지 않고 두 번을 더 세 본다.

그런데 생각지도 않았던 일이 일어났다. 차주는 봉투에서 2000위엔을 빼더니 나에게 그 금액을 돌려준 것이다. 차주 왈, "내가 보기에는 4000위엔이면 충분하다. 나머지는 필요 없으니 넣어두시오." 순간 놀랍기도 하고 생각지도 않은 보너스를 받는 느낌이 들었다.

'왜 그랬을까?'

돌아가는 차주의 뒷모습을 보며 생각에 잠겨 있는데. 옆에서 계속 동석했지만 협상 과정에 한 마디도 끼어들지 않았던 내 중국인 친구 왕 선생이 웃으며 총평을 해준다.

"어이, 친구! 오늘은 너의 그 어설픈 중국어와 차주를 대하는 방식이 차주의 체면(面)을 잘 세워준 거야. 잘했어! 중국인에게 체면은 절대적이지. 중국인들은 체면이 유전자에 녹아 있어서 일을 판단하고 받아들이는 기준이 돼. 한국 사람들의 체면에 대한 인식과는 차이가 있어. 상대의 체면을 살려주면서, 자신의 체면도 구기지 않고 절충점을 찾는 게 중국 스타일이지. 오늘 정형이 그 차주의 정신적 허영을 2000위엔만큼 채워준 거야. 특히 외국인으로서 중국인 졸부를 상대로."

존경 받지
못하는 아버지들

한참 되었지만 '두사부일체'라는 제목의 영화가 있었다. 강우석 감독의 작품으로, '투캅스' 이후 시리즈물로 히트를 친 영화다. '군사부일체'라는 고사성어의 임금 자리를 두목이 대신 차지한 것이다. 조폭의 세계에서는 두목이 스승이나 아버지와 같은 레벨의 위치라는 의미일 것이다.

내가 중국 칭다오에서 근무하며 알게 된 칭다오 시정부의 웨이둥 주임은 가끔 저녁을 하며 반주가 좀 들어가면 이백의 권주가를 읊는다.

"하늘이 만일 술을 즐기지 않았다면
어찌 하늘에 술별이 있으며,
땅이 또한 술을 즐기지 않으면 어찌 술샘이 있으리요.
천지가 모두 즐기었거늘 술 좋아함을 어찌 부끄러워하리."
(天若不愛酒 酒星不在天
地若不愛酒 地應無酒泉
天地旣愛酒 愛酒不傀天)

이런 내용인데 운율이나 구성짐이 기가 막히다. 나도 몇 번 배워보려 했는데 여간 어렵지 않아 포기하였다. 위 주임은 대단히 멋진 양반인데, 자기는 집에서 '아버지' 대접을 제대로 못 받는다고 가끔 토로한다. 아들이나 부인이 한 집안의 가장으로서의 '아버지' 대접을 안 해준다는 이야기다.

위 주임은 우리나라 대학으로 치면 72학번에 해당된다. 하지만 대학을 다니지 못하고 대학시절에 산둥 지방의 농촌으로 내려가 노동에 전념했다고 한다. 그 이유는 당시 중국의 정세와 무관치 않다.

중국에는 1966년에서 1976년 사이의 학번이 없다. 우리로 따지면 66학번에서 76학번까지가 없는 셈이다. 이 시절은 대학생과 고등학생이 주축이 되어 1000만 명이 넘는 홍위병들이 난

중국에서
중국을 보다

동을 부린 문화대혁명 시기였다. 이 시기에는 대학도 문을 닫고 교수, 학생들이 농촌과 공장으로 가서 노동에 전념해야 했다. 상대적으로 교육의 기회를 박탈당했고, 이후 대학 문을 연 뒤 정식 입학한 후배들에게 사회에서는 밀릴 수밖에 없었다는 얘기이다.

위 주임은 열심히 살아왔지만 승진이 늦었고, 사실 아는 것도 많지 않아 성공한 삶이 아닌 것 같다는 자조 섞인 웃음을 짓곤 한다. 그런 마음에서였는지 하나 있는 아들 웨이쥔 군은 한국으로 유학하여 현재 한국외국어대학에서 박사 과정을 밟고 있다. 자식 농사를 잘 지었으니 아버지로서 그게 성공한 것이 아니냐고 반문했지만, 자기가 보탬이 된 것은 별로 없다고 고개를 젓는다.

그에 반해 중국의 77학번은 그야말로 럭키세븐이 두 개인, 마오쩌둥 사망 이후 대학 입학을 한, 제대로 된 교육을 받은 정규 엘리트 그룹이다. 중국의 근대화를 수십 년 후퇴시킨 문화대혁명 덕택에 정규 교육을 받았다는 사실만으로도 최고 엘리트 그룹으로 손꼽힌다. 대학 입시가 10년 만에 부활하여 1천2백만 명의 수험생이 대학 문을 두드렸으며, 이중 50만 명만 대학에 합격했으니 그럴 만도 하다.

물론 그 이후 대학에 인재들이 대거 입학했지만, 77학번들은 고통의 늪을 헤쳐왔다는 동료의식이 남달리 강하다고 한다. 이들은 문화대혁명 시절에 초등학교와 중·고교를 다녔고 정규 교육 대신 농촌과 공장에서 노동을 많이 했기에 그만큼 배움에 대한 갈망도 컸다고 한다.

대학 졸업 후에는 주요 기업에서 실무를 장악하여 많은 이들이 최고위직까지 올랐고, 중국의 장래를 이끌 확실한 지도자 집단으로 부상하기도 했다. 반면 지도층에게는 경계의 대상이 되기도 하였다. 1989년 천안문 사태의 주동 인물이 이들 그룹에서 나왔고, 중국 정치에 상당한 불만을 표시한 급진적 인물들도 많았다고 한다.

내가 보는 중국의 아버지들은 대체로 가정적이고 다정하다. 유교문화의 발상지임에도 불구하고 남녀평등의 사상이 강하여, 집안일 · 바깥일에도 남녀 구분이 크게 없다.

운전을 하는 어머니, 뒷자리에서 아이들을 돌보고 있는 아버지, 식당에서 열심히 아이에게 음식을 챙겨주는 아버지, 아이를 등교시켜주는 아버지들의 모습을 흔히 볼 수 있는 게 중국이다.

중국의 아버지들이 존경 받지 못하는 것은 그들의 잘못이 아니다. 너무나 빠르게 진행되는 경제성장, 빈부격차, 지역 간, 도·농 간의 수입 격차에 따른 심리적 황폐함 때문이다. 중국 내 90% 이상의 부를 상위 10%가 점유하는 사회, 열심히 일한 근면한 급여로는 아무리 해도 자기 집을 구매할 수 없는 부동산 가격, 가끔씩 터지는 관료들의 천문학적인 금액

* * *

의 부정부패, 그리고 한 가정 한 자녀의 양육 시스템들이 만들어
낸 결과이다.

　지난달 중국의 인터넷을 뜨겁게 달군 핫 이슈가 있었다. 중
국의 한 아버지가 아들을 죽여달라고 살인청부업자를 고용한 것
이다. 고용된 청부업자는 아버지의 부탁대로 그의 아들을 살해
했다. 하지만 이는 실제가 아닌 사이버상의 살인사건이다. 게임
에 빠져 하루 12시간 이상을 컴퓨터 게임에만 매달려 있는 아들
을 걱정한 아버지가 게임 고수를 고용해 게임에 등장하는 아들

의 아바타를 게임에 접속하자마자 곧바로 처치한 것이다.

자신이 게임을 시작하기만 하면 얼마 안 돼 자신의 아바타가 공격받아 죽는 일이 되풀이되자, 이 아들은 상대 게이머에게 왜 자신을 그처럼 집요하게 공격하느냐고 묻기에 이르렀고, 결국 아버지의 부탁을 받아 그렇게 된 것임을 알게 됐다고 하는 이야기다.

사이버상의 이야기이지만 왠지 씁쓸하다. 왜곡된 아버지의 부정(父情)을 보는 것 같았다.

한국, 중국을 뛰어넘어 존경 받는 아버지의 상은 무엇일까? '두사부일체' 같은 패러디 영화가 아닌 정통 고전의 '군사부일체'의 영화가 히트를 쳤으면 좋겠다.

"내가 오늘은 왕이다! 적어도 우리 집에서만큼은." 이라고 큰소리치는 아버지상이 그립다.

18

중국에서의 나의 선생님, 그리고 동창들

5월이다. 한국에서는 '가정의 달'이라 한다. 어린이날, 어버이날을 거치고 나면 5월 15일 스승의 날이 다가온다.

그런데 학기의 시작이 달라서일까? 중국은 9월 10일이 스승의 날인 '교사절(敎師節)'이다. 한국처럼 요란하지 않고 그냥 수수하게 카드와 꽃을 선생님께 드리며 감사를 전한다.

중국에서의 나의 선생님은 성한창(成漢昌) 선생님이시다. 1992년 9월. 스승의 날을 한참 지난 9월 말경이었던 것으로 기억된다. 능금꽃이 만개되어 교정이 온통 하얗던 북경대학에서 선생님을 처음 뵈었다. 흔히 인민복이라 불리는 '중산복'을 입으신 단정한 모습으로 기억되는 것은 왜인지 모르겠다. 소박한 '중산복'이 잘 어울려서였을까? 조심스럽게 선생님 이야기를 해볼까 한다.

이야기 하나

손쓸 방법이 없었다. 어떻게 해야 할지도 몰랐다. 그냥 두렵고 당황스러웠다. 내 눈앞에서 선생님의 호흡이 불규칙해졌다. 위험한 상황임이 직감되었다. 내 동기인 산둥 출신의 뤼에둥이 갑작스럽게 교내 기숙사에 살고 있던 나를 호출해, 기숙사 옆에 있는 북경대 병원 응급실로 뛰어간 참이었다. 선생님이 임종하시기 30분 전이었다. 선생님은 너무나 허망하게 역사학과 집무실에서 갑자기 쓰러지셨고, 가족들도 임종을 지켜보지 못한 채 나와 몇 명의 동기들 눈앞에서 돌아가셨다. 사인은 심장마비였다. 1995년 당시만 해도 의료시설이 초라하고 변변치 않아 응급실에서 돌아가신 게 아직도 한스럽고 애통하다.

* * *

1992년 칭화대(清华大)에서 언어연수를 하던 중, 예기치

중국에서
중국을 보다

앞게 한·중 수교가 체결되었다. 그로 인해 원래 계획했었던 중국에서의 대학원 진학이 공식적으로 허용되었다. 대학 졸업 후 군대를 제대하고 2년여의 직장생활을 하다가 무모하게 결정해서 온 유학이었기 때문에 누구보다도 한·중수교가 반갑고 기뻤다. 아직도 수교 날짜는 잊지 못한다. 1992년 8월 24일. 바로 내 생일과 같은 날이기 때문이다. 1993년도 입학을 목표로 준비를 하던 당시에는 칭화대는 공대 중심의 대학원만 개설되었지, 문과나 경영 분야의 학과는 아직 개설되어 있지 않았다. 나는 조금 더 욕심을 내어 북경대학을 목표로 하고, 틈만 나면 북경대학 유

* * *

학생 사무실을 찾아가 정보를 수집하곤 하였다. 물론 북경대의 캠퍼스가 칭화대보다 훨씬 고풍스럽고 낭만적으로 느껴져 집사람과 검은 중고 자전거를 타고 데이트 겸 캠퍼스를 둘러보며 머리를 식히곤 하였던 것도 이유 중 하나였다.

그런데 1992년 늦은 가을, 캠퍼스 안에서 길을 물어보다 무척이나 친절하신 학자풍의 중국 분을 만났고, 그분이 건네준 연락처로 몇 번 연락을 주고받다가 결국엔 그분의 집까지 오가게 되었다. 나는 그분이 북경대 역사학과 교수라는 사실을 뒤늦게 알게 되었고, 이를 계기로 대학원 진로를 역사학과로 정하게 되었다.

중국의 대학원은 '도제식 교육'이 강한 편이다. 그만큼 스승과 제자의 사이가 각별하고 밀접하다.

북경대학의 대학원 3년 동안 선생님이 내게 보여준 관심과 지도는 각별했고, 그 덕분에 나는 무리 없이 졸업할 수 있었다. 지금도 다시 찾아뵐 수 없다는 사실에 깊은 슬픔을 느낀다.

이야기 둘

매년 1월 1일이면 돌아가신 선생님 대신 사모님을 뵈러 간

중국에서
중국을 보다

다. 작고하신 선생님은 예수님처럼 우리 기수에 12명의 제자를 두셨다. 특별한 사정이 없는 한 어느 해는 8명, 어느 해는 10명 하는 식으로 함께 사모님을 찾아뵙고 인사드린다. 항상 댁에서 담소를 나눈 후 음식점에서 저녁식사를 하고 돌아오는 게 관례가 되었다. 식사는 보통 집 근처의 공군 초대소 식당에서 하는데 늘 사모님이 계산하신다. 장성한 제자들이 방문하여 조금씩 용돈을 드리는 게, 그냥 받기가 부담스럽고 싫으신 모양이다. 그리 큰 돈도 아닌데……

작년에는 우리 아이들을 데리고 연례행사에 참석하였다. 사모님은 그 어느 때보다 반가워하셨다. 20여 년 전에 백일이 안 된 딸을 데리고 유학 온 뒤, 선생님 부부와 친구들의 축하 속에 북경대 앞 근처 식당에서 조촐하게 돌잔치를 한 게 생각난다시며 아이의 손을 잡아주셨다. 그때가 엊그제 같은데, 아이가 대학생이 되었으니 시간이 참 빠르게 지났구나 하는 표정이셨다.

내가 미리 얘기를 안 해서일까? 우리 아이들은 내 동창들을 본 후 처음 얼마 동안은 적잖이 당황한 모습이었다. 나의 동창들은 반 이상이 장애인이기 때문이다. 한쪽 팔이 없으나 항상 쾌활하고 당당한 자오슈지에(현재 중국종교학회 국장), 심한 소아마비로 절뚝거리는 천수이예(역사연구회 상임위원), 최근 한쪽 눈의 시력을 잃었지만 누구보다 말하기를 좋아하는 왕청(최근 요양중), 심한 사투리와 짧은 혀 때문에 그 말을 알아듣기 어려운 저우보어(북경대학 광화학원의 교수 – 학생들이 강의를 어떻게 알아듣는지 나에게는 아직까지 미스터리이다.)…….

우리 아이들은 아빠의 명문 북경대학 동창들이라 나름대로 기대를 했던가 보다. 슬며시 옆에서 바라다본 내 아이들의 모습은 당황한 표정이 역력하다. 아이들이라 당황함을 감추는 것에 서툴다. 내 동창들이 그 당황함을 자신들의 유쾌함과 친구의 아이들을 보는 반가움으로 상쇄시켜준다.

사실 내가 아이들에게 미리 얘기하지 않은 이유가 있었다. 장애가 심한 사람들이지만, 우수한 학업성적으로 명문대학을 졸업해 각자 자기 분야에서 당당하게 자리 잡은 나의 학우들, 이제는 어엿한 가장의 모습으로 자식들을 데리고 모임에 참석하여 스스럼없이 어울리며, 어디서든 전혀 주눅들지 않고 건강하게 살아가는 친구들의 모습에서 장애와 비장애는 겉모습일 뿐 인간의 평가기준이 될 수 없음을 아이들이 느끼게 해 주고 싶었던 것이다.

그리고 우리 아이들에게 정말로 느끼게 하고 싶었던 것은 바로 돌아가신 선생님의 훌륭하신 성품이었다.

선생님은 미국의 영화배우 그레고리 팩처럼 훤칠하고 멋지게 생기신 명문대학 교수이셨지만, 이런 제자들, 20여 년 전만

해도 너무 보잘것없고, 장애를 가졌거나 외국인이거나 미래마저
도 불투명한 우리 학우들을 흔쾌히 제자로 거두시고 가르쳐내셨
던 분이다.

　한국, 중국이라는 국적을 떠나서 진정한 '선생님'의 모습을
보여 주신 분이다. 살아 계셨다면 얼마나 많은 인재들을 더 배출
했을지, 너무 일찍 돌아가셔서 남아 계신 사모님과 아들 성광의
의 모습이 허전해 보이는 것이 그저 안타까울 뿐이다.

　선생님의 임종 순간과 내 동창 학우들을 생각하면 또 가슴
이 먹먹해진다. 5월이다.

19

중국의 대학을 졸업하고도
취직 못 하는 학생들

　취업난이 고조되면서 해외 유학생들이 늘고 있다. 중국 유학생도 해마다 늘고 있다. 비공식 통계지만, 중국에 유학중인 한국 학생들은 언어연수생까지 합해 약 7만 명이 된다고 한다. 거기에 현지 진출 기업 주재원 자녀들까지 합하면 8만 명은 될 것이다. 이 숫자는 아마 점점 늘어날 것으로 보인다. 우리 사회에서 취업은 점점 어려워지고, 남과 다른 스펙을 더 쌓기 위해 중국 유학을 선택하는 학생들이 늘어나고 있기 때문이다.

　아마 이런 학생들은 중국에 유학해 학위를 따고 현지 경험을 하고 중국인 친구를 만들어두면, 후에 한국의 기업에 취직해

중국에서
중국을 보다

중국 관계 일을 하거나 중국 현지 파견직을 맡거나 아니면 중국 기업에라도 취직할 수 있을 것이라 예상할 것이다. 그러나 이러한 예상은 안이한 생각이다. 중국에서 대학을 졸업하고도 취직을 하지 못하는 한국 학생들이 늘고 있기 때문이다.

중국은 엄청난 속도로 변화하고 있다. 중국인 대학생 수도

* * *

증가하고 있고, 대학 교육까지는 받지 않더라도 기업에서 충분히 일을 해낼 능력이 있는 상당 수준의 교육을 받은 인재들이 계속 늘어나고 있다. 한국 학생들은 아무리 중국에서 유학을 한다고 해도 언어나 생활 경험 면에서 그런 현지 중국인을 따라갈 수가 없다. 게다가 중국인들은 낮은 급여로도 채용할 수가 있다. 그렇다면 기업 입장에서는 유학생 출신 한국인을 채용하겠는가, 아니면 중국 현지인을 채용하겠는가. 당연히 중국 현지인이다. 한국인을 채용하는 경우는 남들이 갖지 못한 뛰어난 지식이나 능력을 가졌을 경우에 한한다.

중국에 진출한 한국 기업도 이젠 거의 중국 기업화하고 있다. 중국 땅에서 중국 자본으로 중국 사람들이 중국 재료로 상품을 만들어 중국의 유통망을 통해 판매하고 있기 때문이다. 기업은 다국적기업화하고 있지만, 거기에 우리 학생들이 취업할 기회는 매우 적은 것이다.

그렇다면 중국 유학을 하지 말아야 하나? 물론 그것은 아니다. 중국은 아직 앞으로도 매우 광대하고 가능성 있는 시장이다. 자본주의 물결이 급속도로 밀려들면서 사회가 점점 양극화하고 있어 사회적 불만도 쌓여 가지만, 바꾸어 말하면 사람들의 욕망도 늘어나고 있다. 그 욕망을 읽어내는 데 한국 기업의 새로운 중국 시장 진출의 열쇠가 있을 것이다. 그리고 그 욕망을 읽어내는 것은 그들 속에 늘 있어서 익숙한 사람이 아니라, 낯설지만 그들과 함께하는 경험을 가진 사람이 더 잘해낼 수 있는 일이다.

중국 유학생들의 취업이 점점 어려워지고 있다면, 스스로 새로운 출구를 찾아야 한다. 단순히 스펙을 쌓기 위한 유학이 아니라, 분명한 목표의식을 갖고 자신의 안목과 실력을 높이는 유학이 돼야 한다.

어차피 땅덩이가 좁고 자원이 부족한 우리나라로서는 세계로 뻗어 나가는 전략을 택할 수밖에 없다. 그중에서도 중국은 지리적·문화적으로도 가깝고 엄청난 잠재 가능성을 가진 땅이다. 이제 지금까지와는 다른 새로운 시각으로 중국을 보고 배워야 할 때다. 그 몫은 학생들 개개인에게 달려 있다.

왕서방의 식탐

엊그제 아내의 지시(?)로 한국계 슈퍼마켓인 천사마트에서 몇 가지 물품을 사가지고 나오며 교민저널인 〈상하이저널〉을 한 부 들고 왔다. 교민 소식뿐만 아니라 여러 가지 중국발 기사들이 잘 소개되어 있어 자주 보는 편이다. 사회면을 보니 '중국 기업, 세계 최대 리조트 클럽메드 인수'라는 내용이 있다. 몇 년 전부터 가족여행을 가려고 점찍어두었던 곳이 '클럽메드 푸켓'이었는데, 이제 중국의 소유가 되었단다. 중국의 푸싱(復星) 그룹이 지난달에 프랑스 악사보험 산하 사모펀드와 공동으로 세계 최대의 리조트 체인인 프랑스의 클럽메드를 인수한 것이다. 지난해 중국이 해외여행객 지출 규모에서 미국을 제치고 세계 1위에 올랐

* * *

다는 기사도 클럽메드를 인수하는 데 긍정적인 요소로 작용하지

않았을까 하는 생각이 든다.

　　그러고 보니 연초에 부동산업을 하는 지인이, 올해 1월에

중국 고객 22명을 모시고 제주도 아파트 투자 현지 투어를 했는

데 대박을 쳤다는 얘기가 생각났다. 8쌍의 부부가 포함된 단체에

서 제주도 아파트 12채를 구매 성사시켰다는 이야기였다. 실제

로 제주도 신규 분양 아파트는 현시가로 보면 북경, 상해보다 훨

씬 저렴한 편이다. 어떤 구매자는 일시불 카드로 계약했다는 얘

기도 들었다. 제주도는 미화 50만 달러(5억 원) 이상을 투자하고

5년이 지나면 외국인에게도 영주권과 각종 세제 혜택을 준다니

매력적인 투자임에 틀림없다. 적어도 내가 보기에는…….

　중국식 저녁 연회에 가끔 초청되어 참석해보면, 최근에는 중국식 빼갈(白乾兒)보다 포도주가 자주 서빙된다. 근사한 요리와 화려한 커트러리(cutlery)는 말 그대로 서양식 연회와 다름없지만 많은 중국 친구들은 포도주를 들고 '깐베이(乾杯)'를 외친다. 포도주 '원샷'이 자주 행해진다. 드물게 2차로 KTV라도 가면 또 중국 친구들은 양주보다는 포도주를 시킨다. 포도주 1병에 녹차 2병을 섞어 만든 중국식 폭탄주를 즐겨 마신다. 우리 한국 주당들이 그 제조법에 '맛이 가는 경우'는 드물지만 잘못 들이키면 흰 와이셔츠에 시뻘건 포도주를 흘려 가관이 된다. 그야말로 '드라큘라 주'를 마신 행색이 되어 와이프의 잔소리에 시달리게 된다.

　이렇게 포도주 바람이 불기 시작한 지 한참 되었다. 중국에서 포도주 수요량이 늘면서, 중국 포도주 업체가 와이너리(포도주를 만드는 양조장, 불어로는 샤토(Cheteau)라 한다)를 통째로 인수하는 사례가 벌어지곤 한다. 얼마 전에도 중국 주바오(珠寶) 그룹이 프랑스 보르도의 한 와이너리를 인수하였다. 프랑스 와이너리 인수로는 5번째였다.

　중국 왕서방들의 '먹성 좋은 식탐'이 시작된 것이다. 물론 그 배경에는 두둑한 돈지갑이 있다. 중국은 2012년

중국에서
　중국을 보다

기준 3조 4,400억 달러(한화 3,890조 원)를 보유한 세계 1위의 외환보유국이다. 이미 중국 자본의 '저우추취(走出去 ; 해외 진출)'가 시작된 것이다. 중국 역사에서 가장 번성했던 시대는 당나라 시대이다. 학자들에 따르면 당시 당나라의 GDP는 전세계 GDP의 40~45%를 차지하였다고 한다. 그 거대한 중국의 '부'가 공산혁명 후 개혁개방 직전에는 1.8%까지 떨어졌었다. 우리는 이 현상을 어떻게 이해해야 할까?

몇 년 전에 내셔널 지오그래픽에서 제작한 '메이드 인 차이나 없이 살아보기'라는 프로그램이 있었다. 우리 생활 깊숙이 자리 잡고 있는 중국산 제품들을 배제하고 살아보는 프로그램이었는데, 결론은 '멀리하기엔 너무나 가까운 당신'이었다. 일상생활을 영위하기가 힘들 정도로 중국산 제품은 이미 우리 생활 속 깊이 파고들어 있었던 것이다.

어떤 미국의 정치학자는 국가를 '머리국가'와 '몸통국가'로 구분하여 설명한 적이 있다. '머리국가'는 무엇인가를 발명하는 국가이고, '몸통국가'는 '머리국가'가 발명한 물건을 제조하는 국가라는 것인데, 결론적으로는 '머리국가'만이 진정한 부국이 될 수 있다는 내용이었다. 당연히 중국은 '몸통국가'의 대표적인 나라로 폄하되었고, 미국, 독일, 일본 등은 '머리국가'로 불리었다.

이렇게 저가 제품의 공장 역할을 하던 '몸통국가'의 대표국 중국의 '왕서방'들이 이젠 세계의 유수기업과 첨단과학기술 · 식품 · 서비스업의 대표적인 회사까지 삼키려 하고 있다. 세계적인 정치학자라지만 몇 세기 전 세계를 호령했던 당나라 시대의 위엄을 너무 쉽게 간과했던 것은 아닐까?

현재의 중국 경제는 외연적 성장단계(Extensive Growth Path)에서 내연적 성장단계(Intensive Growth Path)로 성장의 질을 달리하고 있으며, 현재 중국이 겪고 있는 여러 문제들은 중국 경제의 성장통을 치유하는 과정이라고도 볼 수 있다. 만약 이 단계를 넘어 제대로 된 성장이 이루어진다면 세계 경제가 중국 중심으로 재편된다는 '팍스 시니카(Pax Sinica)' 시대가 도래하지 않는다고 부인할 수 없을 것이다.

우리는 중국의 풍요로워짐을, 강대해짐을 질시하거나 두려워할 필요는 없다. 세계 경제가 그렇게 전환된다면, 그것은 거대한 '부의 이동'이며 이를 우리가 어찌할 수는 없다. 다만 우리는 중국을 통해 경제적으로 풍요로워질 수 있는 우리만의 '전략적 그림'을 그려가는 지혜가 필요할 뿐이다.

미생(未生)의 의미

점심으로 중국식 '교자'를 먹고, 더운 날씨에 지쳤는지 졸음이 온다. 사무실에 있는 '드립퍼'로 커피를 한 잔 내려 마시는데, 강 팀장이 나에게 만화를 좋아하는지 조심스럽게 묻는다. "만화? 좋아라 하지!" 하니 책 한 권을 건넨다. 『미생(未生)』이라는 제목의 낯선 만화책이다. 최근 직장인들 사이에서 폭발적 인기를 얻고 있는 화제의 만화라고 한 마디 덧붙인다. 그렇게 해서 시작된 『미생(未生)』 열독은 다음날 저녁 마지막 7권째까지 계속되었다.

'미생'은 바둑 용어로 '해당 집이 완전히 살아 있지 않은 상태'를 의미한다. 바둑기사가 되려 했지만 실패하고 회사에 취직

하지만 그마저도 정규직이 아닌 '미생', 즉 비정규직으로 살아가는 사회 초년생 이야기이다. 웹툰으로 인터넷에 익숙한 젊은 직장인들 사이에서 폭발적 인기를 끌었다 하는데, 그 내용이나 대사들이 호소력 있고 현 시대상을 정확히 반영하고 있어 보는 재미가 쏠쏠하다.

내가 20여 년 전에 사회 초년병으로 입사하여 근무했던 때가 생각나기도 했고, 한편으로는 요즘 젊은이들의 취업난이 이렇게 심하고, 직장에서 살아남기가 치열해졌구나 하는 생각도 들게 했다. 내가 군대를 제대하고 취업할 당시(1990년대 초)는 통상 서너 군데 지원하여 두세 군데 합격한 후, 골라서 가는 게 다반사였는데, 그렇다고 내가 명문대학을 졸업했거나 학점이나 소위 말하는 스펙이 좋았던 것도 아니었다. 그때의 한국 경제가 한참 성장가도에 있었던지라 그 덕을 톡톡히 본 거라 생각한다.

한국에서 직장생활을 한 것도 꽤 오래 전의 일이 되었지만 내 기억으로는, 한국 기업문화는 조직에서의 상·하 등급에 대한 서열의식이 강하다. 신입-대리-과장-차장-부장으로 이어지는 일반적인 조직체계에서 각 직급마다의 역할이 분명히 있고, 바로 윗 직급에 대한 의존도나 충성도가 높은 편이라고 생각한다. 그것의 장·단점을 떠나서 말이다. 그래서 입사 7~8년차가 되면 중간간부로서, 그 조직 안에서 상하 간의 '조율'과 중간

* * *

정리를 해야 하는 시기도 도래한다.

그런데 중국에서 직장생활을 하며 느낀 점은 중국인들의 마음속에는 서열이나 상하 등급 의식이 상대적으로 희박하다는 것이다. 대신 내 급여와 인사를 누가 결정하느냐에 따라 '보스' 일인에 대한 충성도는 한국보다 훨씬 강하다. 즉, 내 급여가 누구 주머니에서 나오는가가 중요하지, 내 윗 직급에게 충성해야 할 이유는 없다는 식이다. 어찌 보면 동양적이라기보다 '아메리칸 스타일'이다.

그래서 중국의 기업조직은 전체 직원들에게서 그 조직에 대한 귀속감이나 '로열티'를 이끌어내기가 매우 어렵다. 사장이나 경영주가 열심히 노력하면 도달할 수 있는 수준은 조직에 대한 '의부감(依府感)' 정도라고 대만의 쩡스창 교수는 지적한다. 중국인의 조직에 대한 충성도는 조직에 대한 관심은 있으나 조직을 어디까지나 직원들이 기대고 의지하고 싶어하는 대상으로 여기는 정도라는 것이다. 즉, 자신은 조직에서 주인이 아니라 손님이니, 손님으로 대접 받고 싶어한다는 것이다. 우리 한국 기업이 강조하는 조직에 대한 귀속감이나 충성도와는 많이 동떨어져 있다.

얼마 전 상하이에서 세미나 연사로 모셨던 전(前) 중국삼성의 류재윤 상무는 강의 중, 중국 직장인들의 조직몰입 또는 충성도에 대해 '충효난양전(忠孝難兩全)'이란 말로 설명했다. 중국인의 마음속에는 '충'보다 '효'가 훨씬 강하게 자리잡고 있으며, '충'도 조직에 대한 충이 아닌, '사람'에 대한 충이라고 역설했던 것으로 기억된다.

중국의 기업문화는 원칙을 초월하는 변칙성과 융통성이 결합된 문화라고 할 수 있다. 이런 에피소드가 있다. 영국인은 백화점에 쇼핑하러 갔을 때, 너무 서둘러 일찍 도착했을 경우에는 기다리든지, 아니면 되돌아가든지 한다고 한다. 즉, 백화점이 오

중국에서
중국을 보다

전 9시 30분에 오픈하는데 너무 서두른 관계로 9시에 도착하였다면, 기다리든지 아니면 되돌아가는 양자택일의 선택만을 한다고 한다. 그러나 중국인들의 경우는 3가지 중 하나의 선택을 한다고 한다. 하나는 9시 30분까지 기다리는 것이고, 또 하나는 되돌아가는 것이고, 마지막 하나는 오픈 시간까지 기다리지 않고 즉시 백화점 문을 두드려 사람이 있는지를 확인하고, 있으면 물건을 살 수 있는지를 묻는다는 것이다. 오픈 시각 전에 물건을 산다고 해서 제3자에게 피해를 주는 것도 아니니 상관없지 않느냐는 생각이다. 이런 중국인의 사고방식을 어떻게 이해해야 할까?

얼마 전 상해에서 북경으로 거처를 옮기는데 이삿짐이 도착하기로 예정된 수요일보다 하루가 빠르게 도착했다. 이삿짐센터 직원은 태연하게 하루 먼저 왔으니 더 낫지 않냐는 말투였다. 나는 당연히 그날 선약을 취소하느라 애를 먹었다. 대략 이런 맥락인 것이다.

그러면 이런 중국의 기업문화에서 조직의 효율을 높일 수 있는 가장 효과적인 방법은 무엇일까? 정답은 의외로 쉽다. 그들 개개인이 항시 최선을 다해 업무를 수행하여 좋은 아웃풋을 내도록 하는 것이다.

그러면 어떻게 해야 자발적으로 최선을 다하도록 동기부여를 할 수 있을까? 우리나라에서라면 회의나 단체활동, 집체교육

등을 생각하겠지만, 그건 중국에서 통하지 않는다.

내 개인적인 답은, 현지인의 자발성을 유도하려면 개인적인 소통과 대화채널을 통해 마음의 빗장을 열고 진솔한 대화를 하는 수밖에 없다는 것이다. 내가 너를 보호하고 보살핀다는 생각을 직원 개개인에게 확실하게 심어줄 때만이 그들에게서 자발성을 이끌어낼 수 있다. 앞에서 언급한 의부감(依府感)과 같은 차원이다.

중국의 젊은이들 사이에서도 취업문제는 심각하고 절박하다. 얼마 전 안정적이고 복지 혜택이 많은 공무원 공개 채용에 응시생 수가 사상 최고를 기록했다는 뉴스를 접하면서 '생존 서바이벌'이 중국에서도 진행되고 있음을 절감했다.

이렇게 한국이나 중국 모두 청년취업은 큰 문제가 아닐 수 없다.

'살아 있지만 완전하지 않은. 그렇다고 죽은 것도 아닌' 바둑용어 '미생(未生)' 이란 단어에 우리 인생살이가 함축되어 있는 것 같기도 하다.

고객님, 많이 당황하셨어요?

방학특강 학원 수업이 빡세다고 툴툴거리며 집에 온 아들이 자기 방에서 낄낄댄다. 급기야는 거실로 나와서 아이패드를 내밀며 "아빠, 이것 좀 봐. 디게 웃겨!" 하면서 키득거린다. 우리 아들이지만 게임이나 재미있는 예능 프로를 볼 때는 몰입도가 대단하다. 개그콘서트의 '황해'라는 코너다. 조선족 교포의 어설픈 보이스피싱을 소재로 한 코너인데, 최근에 엄청 유행이라고 한다. 일부 중국 동포가 사기 치는 내용을, 적절하게 유머 타이밍을 잡아내어 웃음을 유발한다. 특히 "고객님, 당황하셨어요?" 하며 지레 묻는 어투나 영 제대로 따라하지 못하는 영어 발음 등은 보는 이들의 배꼽을 빠지게 한다. 그러나 한국에 나가 일하는 중국 교포나 이곳 중국의 우리 조선족 교포들이 이 프로그램을 본다면 과연 우리네처럼 웃을까 생각하면 웃음기는 사라지고 대신 씁쓸함이 밀려든다.

〈황해〉는 연변의 조선족을 주인공으로 한, 2010년에 개봉된 영화다. 하지만 이제는 그 영화를 기준으로 조선족을 판단하면 안 된다. 최근에 중국, 특히 북경에서 조선족 교포들의 위상은 날로 달라지고 있다. 부동산 투자로 목돈을 번 경우도 많고, 한국 관련 사업을 해서 성공한 사람들도 많이 보인다. 중국의 성장과 함께 기회를 잡아 스스로 성장한 창업형 기업가나 소사장들도 많아졌다.

우리 인식선상에 '조선족' 하면 개봉동, 구로동 지대에 밀집해 거주하는 외국인 근로자가 떠오르고, 실제로도 다수가 그렇다. 그러나 그렇게 3D 업종에서 벌어서 송금된 돈들이 중국에서는 2세들의 창업 '시드 머니'로 활용되기도 하고, 그렇게 10여 년 벌어 와 중국에서 여유 있게 인생 후반부를 설계하는 분들도 많다고 한다. 그러고 보니 내가 살고 있는 아파트도 조선족이 주인이다.

지난달에 그동안 상해에 떨어져 살던 식구들이 북경으로 와서 함께 지낼 집을 구하던 중이었다. 부동산을 통해 그나마 맘에 드는 집을 찾았더니, 다음날 예상치 못한 차림의 아주머니 한

분이 따님과 함께 오셨다. 차림새는 구로동 일대에서 본 듯한 조선족 복장이신데, 집의 명의는 1983년생인 따님 이름으로 되어 있다. 아주머니는 왕징의 보성원에 집이 한 채 더 있다고 은근 자랑하신다. 우리가 임차할 집과 보성원 집의 평수를 어림잡아 계산해봐도 인민폐 800만 위엔(한화 15억 원)이 훌쩍 넘는다. 그 얘기를 듣는 우리 집사람의 미세한 감정 변화가 감지되며, 내 고개가 숙여진다. 중국 현지에서의 조선족 동포들의 변화가 서서히 일어나고 있다. 우리가 개콘을 보며 웃고 즐기는 사이에……

최근 우리 한국 교민들의 삶은 어떨까? 녹록치 않다는 게 정답일 것이다. 지난주에 예전 유학 동기였던 CJ그룹의 하 상무

와 임원 승진 축하 식사를 하며 했던 우스개가 생각난다. 내가 중국에서 공부한 한국 여자 유학생들의 희망이 '대기업 주재원의 부인이 되는 거다' 라며 얘기했더니, 그보다 버전 업 된 게 있다 한다. 대기업 주재원의 부인보다 '주재원의 딸로 태어나는 게 1순위'라는 것이다. 주재원들은 기본적으로 여유로운 생활환경에, 국제학교에, 특히 '따님'들은 더욱 알뜰살뜰 세심하게 챙기니 그야말로 최고가 아니냐는 우스개다. 그런데 그 주재원의 여유로운 분위기도 이제는 예전 같지 않다. 대기업들이 경영난을 겪으며 많은 혜택을 줄이고 있기 때문이다. 특히 최근에는 북경, 상해 지역에 젊은 엄마, 젊은 주재원들이 대거 늘어났다. 학비 지원도 줄이는 추세고, 대중국사업 인력도 내부적으로 물갈이되고 있는 것 같다. 하기야 이제는 정말로 경쟁력 있는 인력들이 중국 사업에 투입되어야 할 때다. 선배들의 대중국 경험을 잘 녹여가면서……

　얼마 전 〈상하이저널〉에 '상해 직업 거지 매달 3000위엔 낼 테니 단속하지 마!' 라는 기사가 났었다. 기사 내용은 다음과 같다. 상하이 푸터구(普陀区)에 있는 옥불사(玉佛寺)는 상하이 대표사찰로 매년 음력 초하루와 보름만 되면 사원을 찾아 행복을 기원하는 사람들로 넘쳐난다. 대목이면 직업 거지들이 좋은 자리를 차지하기 위한 쟁탈전까지 벌이는데, 그 거지들이 행정단

속반에게 매월 3000위엔을 상납하겠다는 제안을 한 것으로 드러났다는 것이다. 수입이 얼마나 상당했으면 3000위엔을 제안했을까 했는데, 마지막 기사를 보고는 깜짝 놀라고 말았다. 지하철역에서 구걸하는 직업 거지들의 월수입이 최대 1만 위엔을 상회한다는 것이다. 물가나 중국인들의 지갑이 그만큼 여유로워졌다는 반증이다. 물론 직업 거지들의 노력도 있겠지만…….

그에 비해 상하이나 베이징의 교민들은 상대적으로 생활이 더 빠듯해지고 있는 것 같다. 갈수록 고공행진하는 물가에, 아이들 교육비에 휘청거리고 있다. 회사에서 교육비 지원을 줄이면서 국제학교에서 한국학교로 옮기는 학생들이 많아져 최근에는 북경이나 상해의 한국학교에 입학하기가 대단히 어려워졌다. 한국학교의 특성상 TO(정원제도에 따른 빈자리)가 없기 때문이란다. 여러모로 이중고를 겪고 있다. 중국 경제가 향후에도 소비 회복 미흡과 수출 위축으로 더욱 어려워질 것으로 예상되고 있는데, 문제가 아닐 수 없다. 물론 부정적인 시그널만 있는 것은 아니다. 중국이 내년 들어서는 유동성 회복, 국내외 수요 개선으로 성장세를 회복할 것으로 전망하기도 하고, 최근 박근혜 대통령의 방중으로 한국과의 분위기가 대단히 좋아져 경기 반등의 기회가 될 것으로 여기기도 한다.

허나 성장보다는 개혁을 선택한 작금의 중국에서, 중장기적으로 내실을 다져가겠다는 중국의 정책 방향에, 한국 기업들과 교민들은 어떻게 방향을 설정하고 중장기적인 계획을 세워나가야 할지 고민이 되는 시점이다. 사실 이런 거시적인 고민 이면에는 또 다른 어려움이 있다. 중국에서 우리 교민들은 그냥 교민일 뿐이다. 미주의 한인사회와는 근본적으로 다르다. 미국의 한인은 아메리카라는 다인종국가를 구성하는 일부분으로서의 한인(韓人)이지만, 중국에서는 우리가 중화인민공화국의 '한인(韓人)'은 아닌 것이다. 그냥 외국인일 뿐이다. 여기에 중국 교민의 특수성이 존재하는 것이다. 중국이라는 나라는 많은 부분(직업 선택, 교육, 취업, 대학 진학, 사업 허가)에서 제약이 있고, 언제 그 제약이 풀어질지도 요원하기만 하다. 이런 거대한 제도적 장벽들을 '중국의 한국 교민'이라는 타이틀로 어떻게 극복할 수 있을까? 이러한 숙세를 대사관이나 한국 상회들이 단기간에 쉽게 풀어낼 수 있을까?

중국의 우리 교민들이 순조롭게 생활해 나가기 위해서는 어떤 지혜가 필요할까? 또, 그 지혜가 모아진다면 '중국'이라는 거대한 벽을 슬기롭게 넘을 수 있을까?

"고객님, 많이 당황하셨어요?" 갑자기 중국이 나를 보고 슬며시 얘기하는 것 같다.

봉지 맥주의 추억
- 칭다오

매년 칭다오에서는 '칭다오 맥주축제'가 열린다. 대개 8월의 두 주간에 걸쳐 맥주 박람회가 열린다. 맥주축제이긴 하지만 칭다오는 맥주라는 이슈를 통해 경제·무역·문화·관광, 과학기술 전시회 등 다양한 연계 이벤트를 진행한다. 칭다오 관광수입의 또 다른 핵심 수입원이다.

나는 2009년 초부터 2011년 초까지 만 2년을 칭다오에서 근무했다. 내가 근무한 사무실은 칭다오 시내의 Hisense(海信) 빌딩에 있었는데, 그래도 칭다오 시내에서는 '랜드마크'격 빌딩이었다. 부임했을 때는 봄이라 그랬는지, 관심이 없어서 그랬는지 잘 몰랐는데, 초여름이 되어 퇴근시에 희한한 광경을 보게 되었다. 사람들이 퇴근을 하는데 남자든 여자든 비닐봉지에 노란색의 물을 담아 들고 퇴근하는 것이었다. 허연 봉지에 노란 음료를 담아 들고 퇴근하는 직장인들의 모습이 우습기도 하고, 이해되지도 않았다. 며칠이 지나고 나서야 봉지 위에 파랗게 새겨진 'TSINGTAO' 라는 로고가 눈에 들어왔고, 퇴근 무렵에 오더를 주면 칭다오 맥주공장에서 생맥주를 맞춤 배달해준다는 사실을 알게 되었다. 나도 호기심에 다음날 바로 주문해서 급한 마음에 사무실에서 마셔보았다. 달콤 쌉쌀한 원액의 느낌이 강한 생맥주였지만, 맥주가 차지 않아서인지 기대한 만큼의 맛은 나지 않았다.

그 이후 수차례 칭다오에서 맥주를 마시면서 발견한 점은 두 가지이다. 첫째는 칭다오 사람들은 기본적으로 '상온'의 맥주를 즐겨 마신다는 것이다. 우리 한국 남자들은 대부분 차가운 맥주를 선호하지만, 칭다오 사람들은 우리와 달리 상온의 맥주를 즐겨 마셨다. 또 하나, 예의를 갖출 필요가 없는 자리라면, 각자가 맥주병을 옆에 혹은 밑에 두고 직접 따라 마신다. 자기 주량껏 먹자는 의미이기도 하고, 병으로 마시니 서로가 공평하지 않냐는 그들만의 주법이기도 하다. 이렇게 브랜드 파워가 있는 '칭다오 맥주'는 원래 칭다오의 라오산에서 나는 광천수로 만들다

중국에서
중국을 보다

가 맥주 생산량이 늘어나며 부득불 지하수로 만든다고 한다. 아쉬운 일이다. 아무튼 어떤 칭다오 친구는 세계 3대 맥주를 체코의 필스너, 네덜란드의 하이네켄, 중국의 칭다오라고 주장하기도 한다. 물론 주장에 불과하지만……

　칭다오에 거주하다 다른 산동성 지역에 출장을 가보면 산동성의 성도(수도)가 칭다오인 것 같은 착각이 들기도 한다. 실제 산동성의 성도는 제남(濟南)이다. 그러나 제남은 교통의 요

* * *

지이기는 하나, 칭다오에 비해서 분위기나, 활력, 경제력등 여러 면에서 뒤처진다. 독특한 지역적 특성이다.

　칭다오의 동해로를 따라가다 보면 요트클럽도 보이고, 소어산에서 내려다보면 빨간 기와지붕을 얹은 오래된 서양식 건물들이 운치 있게 늘어선 모습이 그야말로 '중국 속의 작은 유럽'이라는 수식어가 어울릴 법하다. 그리고 부드러운 햇살과 중국에서 보기 드문 청정한 공기는 중국의 휴양도시로서 여타 지역과 당당하게 견줄 만하다. 그러나 칭다오는 휴양도시의 면모만을 갖고 있는 게 아니다. 중국의 삼성전자라 불리는 대표적 가전업체인 '하이얼' 본사와 중국 TV 시장의 1위인 '하이센스' 본사도 모두 칭다오에 있다. 이것이 다른 휴양도시와 다른 점이다. 칭다오 시정부의 장 처장은 하이얼 본사의 연구 인력이 약 200명 정도 되는데 그 전문가 중 40% 정도가 한국의 삼성과 LG 출신이라고 하여 나를 깜짝 놀라게 한 바 있다.

　칭다오는 또 중국 정부에서 야심차게 준비하는 해양경제(Marine Economy) 발전의 한 축을 이루는 중요한 도시이기도 하다. 산동성의 칭다오 항, 르자오(日照) 항, 옌타이(煙台) 항 등 대형항만을 갖고 있는 세 도시를 포함해서 산동성의 6개 도시, 2개의 현급 도시 등을 포함하는 대형 개발 프로젝트이다. 또 칭다오의 해양대학교는 특수목적대학답게 중국 최고의 해양전문가를 배양하는 이 분야 최고의 대학이기도 하다.

이렇게 중국의 도시들 중에는 복합적 성장을 하고 있는 도시들이 많다. 한 가지 컨셉만으로 자리매김하기에는 너무나 많은 발굴 잠재력이 있어서일까? 아니면 끊임없이 이익을 추구하는 '상인의 정신' 때문일까?

몇 년 전에 가족 휴가차 칭다오에 와서 한 호텔에 머물다 간 고교 후배가 이런 말을 하며 쪽지를 보여 준 적이 있다.

"선배님, 그 호텔 크지는 않지만 서비스 태도나 직원들의 자세가 엄청나요! 중국에서 그런 호텔 처음 느껴봐요."

호텔 룸메이드가 자기 방에 놓고 간 것이라며 후배가 보여 준 쪽지에는 대략 이런 문구가 쓰여 있었다.

'고객님, 제가 요즘 한국이 조아서 한국말을 배우는데 자알 못해요. 미안해요. 그리고 담배 많이 피우시는 것 같아서, 룸에다 배(梨)를 몇 캐 놓고 갑니다. 맛있게 드세요.'

과일은 호텔에서 제공하는 기본 서비스 품목이었지만, 호텔 룸메이드의 정성어린 쪽지는 프리미엄급으로 기억에 오래 남아 있다. 칭다오의 해경화원(海景花園) 호텔이었다.

태권도 비즈니스

　십여 일 만에 베이징에 돌아왔다. 한국에서 폭염과 열대야로 고생해서인지 베이징 제2공항에 내리니 맥이 턱 풀린다. 이제는 중국이 더 우리 집 같다며 집사람이 옆에서 한마디 한다. 한국의 처갓집에서 아이들 먹거리와 반찬거리를 바리바리 싸주셔서 짐이 한가득이다. 집사람이 봉고차를 불렀다고 한다. 예전에도 많이 이용한 왕징 태권도학원의 봉고차다. 저우(皺)라고 불리는 60세 넘은 기사 아저씨는 적지 않은 나이임에도 쌩쌩해 보이신다. 나는 물 먹은 솜처럼 축 처져 있는데 집사람은 저우 아저씨와 폭풍 수다를 시작한다.

　집으로 가는 도중에 잠시 잠을 청하려 했는데, 두 사람의 수다 내용이 자못 흥미롭다. 눈은 감았지만 귀는 얘기에 기울여진다. 저우 아저씨는 올해로 태권도장의 봉고차 운전을 10년을 하셨단다. 그러면서 태권도장의 사업 이야기를 펼쳐 놓는다. 현재 왕징 본관을 거점으로, 북경에만 10군데의 도장을 관장이 오픈했다고 한다. 돈 된다는 얘기를 중국 사람 특유의 신바람으로 디테일하게 얘기한다.

집사람 : 요즘도 태권도 학원이 잘 되죠? 바쁘시죠?

아저씨 : 나는 요즘은 한가롭다. 주로 한국 아이들만 이동시키는데 한국 아이들의 수가 확 줄어 별로 힘들지 않다.

집사람 : 엥? 태권도장인데 한국 애들이 별로 없어요? 어째 그래요?

아저씨 : 도장마다 조금씩 틀리겠지만, 이쪽 왕징 동호만 지역 도장은 중국 아이들이 95%이다. 한국 아이들 몇 명 안 된다. 도장 수련비도 대폭 오르고, 한국 환율이 좋지 못해 많이 줄었다, 한국 아이들의 수가…….

집사람 : 수련비가 얼마나 되는데요? 비싼가요? 한국 애들이 5%라는 건 이해가 안 되네.

아저씨 : 내 얘기를 좀 들어보셔. 일 년 사이 수련비가 3배나 올랐다. 처음에는 회당 50위엔이었는데, 그게 80위엔으로 오르더니, 100위엔으로 조정되고, 지금은 회당 150위엔이 되었다. 뭐,

다른 학원이나 교습비도 그 정도 하지 않냐? 일 년치를 한 번에 내면 할인해서 13,000위엔인가 그렇다.

집사람 : 헉!(집사람의 놀람이 느껴진다.) 아니, 회당 금액이 그렇게 비싸요? 태권도가? 진짜로요? 한국에서는 그렇게 비싸지 않은데…….

아저씨 : 재미있는 것은 학원에서 먼저 가격을 올린 것이 아니다. 중국 아이들이 많아지면서, 배우는 퀄리티가 떨어지는 것 같아 몇몇 부모들이 가격을 인상해달라고 요청하였다. 그러면 자연스레 아이들이 적어질 것 같았는데, 오히려 가격이 높아지면서 아이들이 더 많아졌고, 그러면서 가격이 150위엔까지 올라갔다.

집사람 : 아니, 부모들이 주동적으로 학원비를 올린 거네요? 이야, 150위엔은 한국 부모들에겐 부담 확 가는 금액인데…….

아저씨 : 중국 부모들은 아이가 하나라서, 좋은 학습이나 교육 기회가 있으면 과감하게 투자해요. 태권도장이 왕징에 2곳을 비롯해서 북경에 올해 10개로 늘어났어요. 그냥 대박이지요! 허허.

잠이 확 달아나며, '리치마케팅(부자 마케팅)'이란 단어가 떠올랐다. 예전에 한국에서 태권도 시범단들이 와서 시범을 보이기도 했고, 최근에는 동북의 하얼빈 고교에서 태권도를 정규 수업으로 채택했다는 기사도 보았다. 그러나 이런 요인보다는 다

* * *

른 요인이 영향을 미쳤구나 싶었다. 중국의 아이들은 학교 학습

이외에 과외활동이 약하고, 다양한 프로그램도 아직 많이 시행되

지 못하고 있다. 중국 학부모들의 두꺼워진 지갑과 아이들에 대

한 투자욕구에 비해 공급할 수 있는 콘텐츠가 다양하지 못한 것

이다. 그러한 틈새를 태권도가 파고든 것이다. 드라마에서 가끔

볼 수 있는 태권도는 중국의 부모들에게 또다른 한류로 여겨질

만큼 인상적인 것이었다. 태권도는 수련뿐만 아니라 인성교육을

중시한다고 하니, 버릇없는 '소황제' 아이들을 교육시키려는 부

모들에게 하나의 좋은 프로그램으로 받아들여지게 된 것이다.

중국 부모들의 넉넉해진 지갑의 두께, 한 자녀 아이들에 대한 교육열, 남과 다르게 키우고 싶어하는 차별화 성향을 배경으로 코리아의 '태권도 비즈니스'가 리치마케팅으로 니치(틈새) 시장을 찾아 진격중인 것이다.

관심을 갖고 보니 우리 집 주변의 롯데마트 건물에 또 다른 수련장이 보인다. 간판에 '극진공수도(極盡空手道)'라고 쓰여 있다. 어렸을 때, 최영의(최배달) 씨가 주인공으로 나오는 『대야망』이라는 만화책을 재미있게 본 기억이 나서 슬쩍 가서 도장 안을 들여다보았다. 수련생이나 도장의 크기가 태권도장과는 비교가 되지 않는다. 무술 자체의 성향도 많이 틀린 듯하다.

베이징의 코리아타운인 왕징에서도 한국의 태권도와 일본의 극진공수도가 비즈니스로 맞서고 있다. 아직은 태권도가 훨씬 우위에 있다고 보여지지만…….

중국의 급부상을 바라보는 시각에 있어서도 통상 한국과 일본은 대조적인 성향을 보인다. 일본은 위기 측면을, 한국을 기회 측면을 강조하는 경향이 있다. 예전 모건스탠리의 수석 이코노미스트인 스티브 로치는 중국에 대한 한·일 양국의 대조적인 시각에 대해 중국을 기회로 생각하는 한국의 미래가 더 밝다고 논평한 적이 있다.

중국에서의 기회는 다양한 분야에서 생겨나고 있다. 그게 오늘의 중국이다!

중국에서
중국을 보다

한·중 유머 코드

요즘 한국 극장가에서 한국 영화가 대세이다. 지난번 한국 출장 때도 〈신세계〉, 〈전설의 주먹〉 두 편을 보고 왔다. 그런데 엊그제 네이버 기사에 보니 올 여름 최고의 기대작 중의 하나였던, 초대형 한·중 합작 영화 '미스터 고'가 관객수 130만 명인가를 찍고 극장에서 내려졌다고 한다. 제작비가 240억 원이나 든 영화이니 참담한 흥행 실패라고 하지 않을 수 없다. 난 궁금해서 중국 쪽 관련기사를 찾아봤더니, 중국에서는 '대명성〈大明猩〉'이라는 영화명으로 개봉했는데, 웬걸, 개봉하자마자 박스오피스 1위에 오르며 현재 누적관객 270만 명을 돌파했다는 기사가 떴다. 12일 만에 180억 원의 입장 수입을 벌어들였다고 한다. 현재까지 중국에서 상영된 한국 영 화중에서도 가장 좋은 성적이라고 하니, 그 차이가 무엇인지 궁금하다. 특히 야구를 거의 하지 않는 야구의 불모지 중국에서 '고릴라가 야구하는 영화'가 어떻게 히트를 쳤는지 이해가 잘 가지 않는다. 영화를 보고 평가하자 생각하고, 다운받아서 보기 시작했다. 내 영화평은 이렇다. '영화가 너무 밍밍, 감동도 어정쩡하다. 그리고 웃음 포인트가 너무 약하다.'

중국과 한국의 유머 코드가 다른가? 중국에 오래 거주하고 있지만 이 점에 있어서는 뭐라고 딱 집어내기가 무척 어렵다. 그

* * *

중국에서
중국을 보다

숙제는 다음으로 미루고, 중국과 관련된 몇 가지 유머를 소개하니, 그 미묘한 차이를 느껴보시기 바란다.

중국어와 영어, 그리고 덩샤오핑

덩샤오핑이 미국에 가서 입국심사를 받는데, 영어를 몰라 앞사람에게 처음에 뭘 물어보냐고 물어보니, 이름을 물어본다고 가르쳐주었다. 그런데 덩샤오핑 차례가 되자 입국심사관은 얼굴을 보더니, 유명한 중국의 덩샤오핑이라 이름은 안 물어보고 다음 질문을 한다.

입국심사관 : 미국에는 무슨 일로 오셨습니까?

덩샤오핑 : 샤오핑 (→ 쇼핑).

입국심사관 : 행선지가 어디십니까?

덩샤오핑 : 워씽덩(我姓邓 : 내 성은 등이오. → 워싱턴).

입국심사관 : O.K (속으로 '영어를 곧잘 하시는군'.)

(출처 : 인터넷 유머)

팔순 노인이 된 덩샤오핑이 언론에 노출을 꺼려 각국 기자단들의 취재 차량을 사거리에서 유유히 따돌렸다. 수많은 기자단들이 왜 덩샤오핑을 놓쳤을까?

덩샤오핑은 사거리에서 좌회전 깜박이를 켜고, 급하게 우회전을 해버렸던 것이다.

* * *

이 유머는 중국의 개방정책이 지도자의 말 한 마디, 제스처 하나에 따라 조변석개함을 풍자한 정치 유머이다. 그런데 아이러니컬하게도 미국 회사의 입찰에 한·중 양국의 기업이 경합을 벌였을 때 중국에는 아직도 이런 사회주의적 잔재가 남아 있음을 꼬집는 한국 기업측의 '촌철살인의 유머'로 이 유머가 사용되었고, 결국 한국이 최종 입찰을 따냈다고 한다.

유머러스하기로 유명한 지도자여서 덩샤오핑과 관련된 유머가 많은가 보다. 하기야 그는 "나는 하늘이 무너져도 무섭지 않다. 왜냐하면 키 큰 사람들부터 봉변을 당할 테니까." 하며 재치있게 자신의 단신을 커버한 지도자이니 말이다.

중국인 과부와 한국인 포수의 대화

중국말을 한 마디도 못 하는 함경도 포수가 산속을 헤매다

중국에서
중국을 보다

날이 어두워지자 어느 중국인 과부 집에 들어가게 되었다. 마침 아이들은 잠이 들고 여인이 혼자 있었다. 그래서 함경도 포수는 한국말로, 중국인 과부는 중국 말로 대화를 하기 시작했다.

함경도 포수 : 아주머니, 한 밤 자고 갑시다.

중국인 과부 : 조바 조바. 조바 조바(走吧走吧 : 나가라. 나가라.)

함경도 포수 : 좁아도 괜찮아요. 비집고 자지요.

중국인 과부 : 치바, 치바(去吧去吧 : 빨리 가. 빨리 가).

함경도 포수 : 추워도 괜찮으니 하룻밤만 잡시다.(함경도 사투리는

　　　　　　　'춥다'를 '칩다'라고 한다.

중국인 과부 : 왕바단(王八蛋 : 나쁜 녀석!)!

함경도 포수 : 방바닥이요?

중국인 과부 : 올라이(无赖 : 무뢰한)!

함경도 포수 : 올라오라구요?

　결국 그 함경도 포수는 중국 여인과 따뜻하게 하룻밤을 잤다고 한다.

(출처 : 마중가 교수의 쭝궈렌과 한궈렌에서)

비자 이야기

비자가 어려워졌다. 비자카드, 마스터카드 하는 신용카드 얘기가 아니다. 우리 한국 교민들이 합법적으로 중국에 입국할 수 있고, 체류, 유학, 사업할 수 있도록 보장해주는 비자(visa) 말이다. 지난달 상하이에서 베이징으로 이사하며, 짐 정리를 도와주는 척하고 있는데 집사람은 빨리 관할 파출소에 가서 '주숙등기'를 하고 오라고 성화였다. 나는 지금까지 중국에서 살아온 경험치에 의거하여 "괜찮아요. 그거 그렇게 중요치 않아. 아직 비자 기간도 많이 남아 있으니 괜찮아." 했다. 그랬더니 부동산에서 바로 해야 된다고 몇 번을 강조하였단다. 무심하게 생각했던 일이었는데, 주숙등기를 하며 생각해보니 간단한 일이 아니었다.

예전에는 국제행사나 정치적 상황에 따라 고무줄처럼 융통성이 있었던 중국의 비자 규정이 제자리를 찾고 있는 중인 것이다.

중국은 그동안 1985년에 제정된 '중화인민공화국 외국인 출입국 관리법', 1986년의 '중화인민공화국 외국인 출입국 관리법 시행세칙'에 의거하여 외국인 출입을 통제해왔다. 그 법률과 시행세칙이 2013년 6월 30일에 반포된 '중화인민공화국 출입국 관리법'으로 통합되어, 7월 1일부로 시행이 되었다. 이게 두 달 전의 일이다. 이번 새로운 중국의 비자정책은 기존의 단발성 정책이 아닌, 중앙정부 차원에서 법제화한 것이라는 데에 그 의미가 있다. 우선 주요 내용을 살펴보면 다음과 같다.

* * *

첫째, '체류'와 '거류'의 구분을 명확히 하였다. 180일을 기준으로, 그 이내로 머무르면 '체류', 181일 이상은 무조건 '거류'로 간주한다. 그 의미는 181일 이상 '거류자'는 체류 비자를 가지고 거류할 수 없다는 의미이다. 기존에는 'F'(상용), 'L'(여행) 비자를 가지고 181일 이상 연장해서 왕왕 거류하였는데, 이제는 '불법 거류'가 된다는 법적 근거를 만든 것이다. 기존에는 실상 공안에서 '불법 취업'만 아니면 크게 문제 삼지 않았던 조항이다. 또한 180일 이상 체류할 수 있는 장기 'F', 'L' 비자의 발급이 원칙적으로 중국내에서는 발급 및 연장이 불가하다는 점도 명시하고 있다.

둘째, '3불 외국인 정책'이 구체화되고 강화되었다. 3불 정책이란 '불법 입국', '불법 거류', 불법 취업'을 말하는데, 불법 입국이야 말할 것도 없고, 불법 거류는 앞에서 언급한 사항들을 확대 시행한다는 것이며, 그에 추가하여 '임시 주숙등기'를 강화시킨 점이 눈에 띈다. 또한 '불법 취업'에 관해서도, 예전에는 '중국인 배우자'가 있는 경우에는 거류증 없이 자영업을 하는 것을 크게 문제 삼지 않았는데, 이제는 거류 허가 및 취업증을 받아야 하는 것으로 강화되었다는 점도 눈여겨볼 사항이다.

* * *

최근에 주재원들의 복지 혜택 축소, 한국 대학으로의 진학 열풍과 함께 한국 국제학교가 입시에서 괄목한 만한 성적을 내면서 주목받고 있어서인지, 북경 · 상해의 한국 국제학교에 입학하기가 상당히 어려워졌다고 한다. 그런데 한국 국제학교에서는 입학 필요 요건 중에 부, 모가 모두 취업비자를 갖춰야 한다는 항목이 있어, 비자 문제가 또 다른 중요사항이 되고 있다.

이번 외국인에 대한 출입국 관리의 강화로 중국에서 활동

중국에서
중국을 보다

入國

* * *

중인 한국 선교사들도 크게 타격을 받는다고 한다. 중국은 한국
선교사들이 활동하는 10대 파송국 중의 하나라고 하는데, 몇 개
지역에서 한국 선교사들이 강제 출국이나 입국 거부를 당한 사
례가 발생하곤 했다. 참고로 포교 행위를 하다가 적발될 경우,
강제출국당하거나, 10년 내에 중국에 재입국이 거부된다.

　　이번에 강화된 '비자정책'은 중국 공안에서 외국인을 통제
하기 위한 수단을 강화했다는 불만스런 면이 있긴 하다. 허나 이
제 중국은 중앙정부 차원에서 법제화를 하고 일관된 관리를 하

려는 것인 만큼, 중국의 법을 이해하고 지키는 게 우리 교민들의 올바른 처신이 아닌가 한다. 그래야지만 혹 예기치 않은 일이 발생하였을 시, 중국으로부터의 보호도 받을 수 있다.

몇 년 전부터 우리 정부는 국내 내수 촉진과 외국인 관광객 투자 유치 및 확대를 위해 중국인들에게는 제주도 방문시 '무비자' 방문을 허용하고, 지난 7월에는 중국 내몽고 지역의 수도인 후어하오터와 인천 간에 무비자 입국 협약을 체결, 현재 시행하고 있다. 이 협약으로 인천·김해 국제공항을 경유하여 제3국을 방문하거나, 제주도 방문을 위해 환승하는 외국인에게는 비자 없이 72시간 동안 한국 체류를 허용해주고 있다. 우리나라와 마찬가지로 포르투갈, 그리스 등 최근 현금 보유액이 부족해진 남유럽 국가들도 부유한 중국 이민자들을 유치하기 위해서 '골든비자' 등을 발급해준다는 기사가 난 적 있다.

'죽의 장막'으로 불리던 중국이 개혁개방을 한 지 약 30여 년 만에 '중화인민공화국'의 '인민'을 위해 각국이 '골든(GOLDEN)'의 손짓을 하고 있는 상황이다. 한편으로 경이스러우면서, 우리 한겨레인 북한의 상반된 입장을 생각하면 가슴 먹먹하고 답답한 일이다.

제주도와 차이나 머니

　얼마 전 중국 세미나 관련 초청으로 제주도에 다녀왔다. 오랜만이었다. 제주공항에서 오전 12시에 다른 이들과 합류하기로 약속되어 있었는데 제주행 좌석이 만석이라 이른 아침 첫 비행기를 타고 제주공항에 도착하였다. 제주공항에 도착한 시간이 7시 40분. 시간도 한참 이른 데다 지난밤 잠을 설쳐 몇 시간이라도 휴식이 필요했다. 모바일 인터넷으로 검색하니 제주공항 근처에 '용두암 해수 사우나'가 바로 검색되고, 공항에서 택시로 10분 이내 거리였다. 평일 이른 아침이라 고요한 바다를 바라보며 해수탕에 고적히 앉아 있는 내 모습을 상상하며 택시를 타고 해수탕으로 출발하였다.

사우나에 입장할 때부터 어떤 부산스러운 분위기가 감지되었는데 안에 들어서서 깜짝 놀라고 말았다. 평일 아침이었는데 사우나 내부에는 약 100명이 넘는 중년 남자들이 가득 차 있는 것이었다. 왁자지껄 들려오는 소리가 중국말이었다. 정확히 말하자면 광동어였다. 기가 질렸다. 고즈넉한 해수탕에서의 시간을 즐겨보려 했던 내 'Private'한 계획은 수포로 돌아갔다. 중국 아저씨들이 아직도 다수가 그러하듯이 샤워를 거치치 않고 과감하게 탕에 들어오는 모습을 보고 바로 탕을 나올 수밖에 없었다. 찜질복으로 갈아입고 찜질방으로 가서 시원한 식혜를 마시며 쉬려는 생각도 또다시 어긋나버렸다. 지하 1층에 있는 넓은 찜질방에서는 더 놀라운 광경이 펼쳐졌다. 족히 200명은 넘을 듯한 사람들이 분홍색, 푸른색 찜질복을 입은 채로 모든 공간을 차지하고 누워 있었다. '차이나 공습'이었다. 갑자기 '인해전술'이라는 단어가 떠오르고 오늘 하루가 상당히 피곤하겠다는 예감이 몰려들었다.

콜택시를 호출해서 타고 제주공항으로 다시 가며 기사 아저씨께 물으니 여기 사우나는 이제 한국 손님들이 가지 않는다고 한다. 중국인들의 투어 코스이고, 특히 중국 여자분들이 중국에는 없는 '찜질방 체험'을 선호해서 들르는 필수 코스라 한다. 이틀 동안 제주도에 체류하며 짬을 내어 갔던 모든 곳이 마

찬가지였다. 천지연 폭포도, 성산 일출봉 정상도, 감귤 체험농
장도, 심지어 조용하게 대화를 나눌 필요가 있어 찾았던 롯데호
텔 6층 라운지도 그랬다. 바로 옆에 롯데호텔 외국인 면세점이
있어, 이게 공항 면세점인지, 호텔 커피숍인지가 구분 안 될 정
도로 부산하였다.

　제주도를 찾는 외국인 관광객이 1일 평균 1만 명을 넘는다
고 한다. 그중 중국인이 90% 이상이라고 하니, 가히 '차이나 공
습'이라 할 만하다. 제주도는 작년에 관광객 100만 명을 돌파하
였고, 올해는 200만 명 돌파를 예측한다고 하는데, 중국 관광객
이 그 수를 대부분 채워주어야 한다는 계산이 나온다. 2007년
에 2만 2천㎡ 규모였던 중국인 소유 제주도 토지가 2013년 기
준으로 100배(245만 1천㎡)가 증가했다는 얘기도 들린다. 제주
도에서도 현재 이런 상황에 대하여 논란이 분분하다. 한적함이
매력이었던, 세계문화유산 '제주도'가 이러다가 시끌시끌한 왕
서방들의 손에 넘어가지 않겠냐는 우려 섞인 불만이 많이 나오
고 있다. 천혜의 자연환경을 가진 제주도가 자연 그대로의 모습
을 간직해야 하는데, '차이나 머니'를 앞세운 카지노 개발 등 난
개발로 훼손되고 있다는 이야기도 들린다. 심지어 올레 10코스
중 한두 코스가 중국인의 투자로 넘어간다는 불확실한 얘기도
들린다. 또한 많은 중국인 여행객들이 오지만, 화교 여행사들이

대부분 그들만의 네트워크로 이익을 독점해 현지 제주도 여행사들은 재미가 별로 없다는 불만도 있다. 이러저러한 불만들이 제주시정부에 제기되어 논란이 되고 있는 상황인 것이다.

허나 이러한 상황은 비단 우리나라 제주도만의 얘기가 아니다. 수 년 전부터 자존심 세기로 강한 프랑스의 와이너리(포도주 농장) 몇 곳이 이미 중국인의 손에 넘어갔고, 호주의 시드니도 중국인들의 투자로 집값이 앙등하고 있다. 그야말로 파워 시프트의 한 단면인 머니 시프트(money shift : 자금이동)의 대세를 무슨 수로 막을 수 있단 말인가?

그러니 중국인과 차이나 머니의 유입에 대해서는 장기적 관점에서 판단해야 한다. 많은 중국인들의 방문과 자본 투자로 제주도가 훼손되고 중국인에게 소유권이 넘어가는 것이 걱정되지 않는 일은 아니지만, 장기적으로 제주도의 산업과 재정을 풍요롭게 하는 요인으로 작용한다는 면에서 긍정적으로 볼 필요가 있다. 미국의 하와이도 한때 일본인의 투자지분이 90%였지만 일본 땅으로 바뀌지는 않았다.

'스티브 잡스'는 갔지만 명성은 그대로 살아 있는 애플은 자체 공장이 없다. 생산과 부품조달, 물류유통 등은 제조전문회사인 대만의 '팍스콘'이 맡고 있다. 팍스콘은 중국 직원만 130만 명이다. 어마어마한 숫자이다. 그러나 그 이익의 핵심은 '애플'이 차지하고 있다. 애플에게는 공장이 필요 없다. 혁신적 디자인과 아이디어만으로 충분히 이익을 낸다. 관광산업도 마찬가지다. 아이디어, 디자인, 마케팅 노하우, 운영체제 등의 소프트파워가 훨씬 중요한 시기가 되었다. 천혜의 자연환경을 지닌 제주도인 만큼, 적절한 자본의 유입은 더욱 발전할 수 있는 동력으로 작용할 것이다. 중요한 것은 사람이다. 중국의 투자도 현명하게 이끌어내고, 탁월한 운영능력으로 제주 섬을 '보석의 섬'으로 만들어낼 '人(사람)'이 필요할 뿐이다. 그럴 만한 인재(人才)나 역량이 제주도에도 충분히 있을 것으로 믿고 있다.

* * *

28

우리를 부자지간으로 맺어
주는 것은 혈육이 아니라 애정이다

아들! 이 메일이 갈 때쯤이면 너는 주말에 IBT 토플을 치르고 집으로 돌아와 있겠구나. 시험을 질 봤느냐는 상투적인 질문은 하지 않겠다. 무지 궁금하긴 하지만, 네 스스로 만족할 만한 점수를 내 보여 주기로 했으니…….

이번 주 초 외숙부께서 갑작스레 별세하셔서, 한국에 며칠 들어와 있는 지금, 할아버지의 건강도 예전 같지 않아 이 아빠는 예전과 달리 '삶과 죽음'에 대하여 생각하는 시간이 조금은 많아졌단다. 그리고 우리 가족이 십 수 년을 중국에서 살다보니, 자주 보지 못하는 친척들과도 소원해지지 않았나 하는 생각이

든다. 아빠만의 생각일까? 오늘 오후는 조금 시간이 한가하여 너의 중국 생활을 한번 되돌아보고자 한다.

중국에 온 첫해, 아빠의 부족한 중국어에서 비롯된 상대적 욕심에서 너를 북경의 '방초지'라는 소학교에 입학시켰던 때가 생각난다. 잘 들리지도 않는 중국어에 조금은 어리벙벙한 모습이었지만, 너는 그래도 따라가느라 용을 썼지. 선생님이 질문을 하면 아는 사람은 손을 높이 번쩍 드는 한국과는 달리, 반만 드는 듯이 옆으로 90도를 굽혀 드는 이상한 거수법, 그때까지 한 번도 써보지 않았던 쪼그려 앉는 좌변기에, 위·아래의 공간이 뚫려 있는 화장실……. 그 화장실에 적응 못해 큰 사건(?)도 한 번 치렀었지? 네가 이 글을 보고 화낼까봐 구체적으로 쓰지 못하는 게 아쉽다. 우리 가족 모두가 중국 생활에 적응하느라 애썼던 시간이었다.

그 이후는 처음의 계획과는 달리, 중국식 교육에 대한 실망과 모국어를 초등학교 3학년 때까지는 배워야 한다는 주위의 권고에 따라 너는 북경 한국학교로 전학을 했고. 우리 국어를 배우며 조잘대며 잘 성장했다. 아빠는 네가 학교에서 '쿵푸'를 배워 학예회 발표 때 힘찬 발길질과 함께 봉을 돌리던 의젓한 '꼬마 황비홍'의 모습이 아직도 눈에 선하다.

아빠의 근무지가 자주 바뀌는 탓에 이사도 자주 하고 학교도 상하이에서 베이징으로, 칭다오로 여러 번 옮겨야 했지. 미안하게 생각한다. 하지만 칭다오에서는 북경 같지 않은 신선한 공기에다 집 앞에 바닷가가 있어서 좋았던 기억이 난다. 아빠가 원투(遠投) 낚시를 배운다고 나서는 주말이면 따라와서는 아빠보다 더 멀리 낚싯대를 투척해서 놀라게도 했었지. 손바닥 반만 한 '병어' 종류의 고기를 잡고서 즐거워하던 네 모습도 칭다오의 환한 햇살과 함께 기억나는 장면이다. 유치원 때부터 또래들보다 덩치가 커서 친구들 사이에서 든든한 친구로 여겨졌고, 특히 축구를 잘해서 선수로 활약하던 너의 모습도 엄마와 아빠에게는 멋진 추억이란다.

우리 형편에는 무리였지만, 너에게 특별한 경험을 선사하겠다고 중학교 2학년 때 영국의 '맨유' 축구 섬머스쿨에 홀로 다녀오게 했온 것도 기억나지? 생각해보면 덩치만 컸지, 아직은 어린 너에게 너무 힘든 경험을 하게 한 사건이기도 하였다. 또 그만큼 성장케 한 추억이라고 생각한다.

물론 좋은 추억만 있었던 것은 아니다. 다니던 학교에서 친구들과의 다툼으로 학교에서 경고를 받아 엄마의 마음을 아프게 하기도 했지. 하지만 아빠는 '남자'로서 그것도 하나의 '성장통'이라고 이해한다. 엄마가 아직도 모르는 몇 가지 사건도 있지. '이번만 용서해주시면 차후에는 절대로 사고 치지 않겠다.'

'남자의 비밀은 무덤까지 갖고 가자.' 하며 턱도 없는 남자로서의 귀여운 애원이 있었기에 넘어간 사건도 있었지만, 언제까지 아빠가 엄마에게 그 비밀을 지킬 것인가는 아빠도 장담할 수가 없구나, 하하.

아들아! 이제 너도 곧 고등학교를 마무리 짓는 '고3'이 되는구나. 12년의 교육과정을 모두 중국에서 보내는 마지막 1년이 되겠지. 베이징, 상하이, 칭다오의 여러 지역에서 또 한국 학교, 중국 학교, 미국 학교 등 다양한 학교에서 얻은 경험들이 향후 너의 삶에서 좋은 '기억의 습작'으로 자리매김하였으면 좋겠구나.

너의 진로를 한국 대학에 진학하는 것으로 결정했으니, 이제 일 년만 지나면 너는 한국이라는 울타리 안에서 새로운 생활을 시작하게 될 것이다. 중국에서와는 또 다른 시절이 될 거고 새로운 경험을 하게 될 것이다. 그 뒤 네가 중국 관련 일을 하건, 다른 일을 하건 그건 너의 뜻에 맡기겠지만, 네가 사회에 첫발을 내디딜 때쯤이면 중국은 또 다른 모습을 보여 줄 것이다, 아빠의 예상대로라면 더 발전되고, 더 강해진 모습일 게다. 그때쯤이면 '팍스 시니카(Pax Sinica)'라는 말이 실감날 게다.

아들아! 아빠는 오늘 너의 성장과정을 되짚어보며 사실은 하고 싶은 말이 하나 있단다.

고3 생활을 끝내고 한국에 들어가는 것은 너에게 새로운 설레임에 앞서 도전이 될 것이다. 한국은 멋진 곳이지만 또한 만만한 곳이 아니거든. 그만큼 치열하게 살아가는 곳이 우리나라 대한민국이란다.

천하의 불사신이었던 아킬레스(Achiles : 그리스 신화에 나오는 영웅이자, 호머의 시 '일리아드'의 주인공)도 전쟁에 임할 때는 완전무장을 했다고 한다. 그런 준비가 있어야만 승리를 거둘 수가 있다는 의미다.

* * *

네가 슈퍼맨도 아니고 아킬레스 용장도 아닌 이상 넌 더욱 철저한 무장과 준비를 해야겠지. 그 무장과 준비는 바로 남은 시간을 얼마나 잘 활용하느냐에 달려 있다.

이 말을 하려고 이렇게 에둘러 왔나 보다. 역시 공부 얘기를 하게 되는구나.

'우리를 부자지간으로 맺어주는 것은 혈육이 아니라 애정이다.' 독일 시인 실러의 말을 인용하면서 이만 줄인다.

찌아유(加油:파이팅)!

Part 3

중국 문화

29

중국에서 '젠틀맨'으로
산다는 것은

"요즘 베이징의 한국인들을 다섯 가지 계층으로 분류한다
는데, 정형 아셔?"

내 고교 선배이자 서울대 국제대학원 교수로 중국지역학을
전공하고 있는 정 교수가 식사하며 뜬금없이 묻는다.

"인도의 카스트 제도도 아니고, 무슨 계층 분류를 하슈?"

대답하니 그럴 듯한지 들어보란다. 첫째, 한꽌(韓官)이란
다. 한국인으로 파견 나온 대사관 직원, 대기업 · 공사 · 은행 등
기관들의 주재원을 통칭한단다. 그럴 듯하다.

두 번째는 한샹(韓商)이다. 중소기업에서 파견 나온 직원,

그리고 대기업이나 공기관, 관료생활의 주재 기간을 마치고 귀국하지 않거나 다시 재입국하여 홀로서기를 하시는 분들, 그리고 자영업을 하시는 분들. 그분들을 '한상'이라고 표현하고 싶단다.

세 번째 '한성(韓生)'은 한국 학생을 말하며, 특히 베이징의 한국인 중 다수를 차지하고 있단다. 베이징에는 약 10만의 교민이 있는데, 그 중에 1/3 한국 학생들이다. 상하이나 다른 지역에 비해서 월등히 수가 많다. 그리고 사건도 많다. 학생 숫자가 많으니 당연한 일이다.

넷째는 '한타이(韓太)' 즉 한국의 아줌마이다. 타이타이(太太)는 중국어로 부인을 뜻한다. 상하이에는 최근 '한타이'라는 이름의 대규모 한국식 찜질방도 생겨났다.

다섯째는 좀 색다르다. '한류(韓流)'라 한다. 유럽 및 아시아에서 각광받는 우리의 문화 '한류'가 아니다. 한국의 방랑자(?) 정도의 표현이다. 중국어의 유민(流氓 ; 골칫덩어리, 부랑배의 뜻)에서 차용한 단어이다. 최근 점점 어려워지는 교민들의 삶을 대변해주는 표현이기도 하다.

베이징에는 특별한 수입이나 직업 없이 살아가시는 정체 모를 분들도 꽤 있다. 개인 사업이 안 되거나, 회사가 어려워져 심각한 생활고를 겪는 분들도 많아졌다. 북경 한국 국제학교에도 등록금을 못 내는 학생들의 숫자가 계속 늘어난다고 한다. 6

개월 이상 고정수입 없이 방랑생활을 하는 이런 분들을 '한류'라고 표현한 것이다.

중국에 사는 우리 교민들은 미주나 기타 해외지역의 교민들과는 좀 다른 특징이 있다. 우선 현지 시민권을 취득하지 못하니 항상 이방인 신분이다. 중국 체제의 특성상 시민권 자격이 없고, 또한 자격이 생긴다 해도 취득하려는 교민들도 많지 않을 것이다. 그러니 항상 중국의 아웃사이더로 살아가는 셈이다.

가끔 미국에서 방영하는 현지 프로그램을 보면 2세나 3세들 중 한국어를 유창하게 구사하지 못하는 사람들이 많던데, 중국은 그렇지 않다. 한국어를 제대로 구사하지 못하는 아이들이나 교민들을 거의 보지 못했다. 오히려 중국어를 못 하는 분이 더 많다. 베이징의 왕징 지역에 거주하면 중국어의 필요성을 별로 느끼지도 못한다. 한국 식당이 시천에 널려 있고 전화 한 통이면 치킨이나 피자, 심지어 자장면까지 배달된다. 한국과 거의 차이가 없다. 주문도 물론 한국어로 가능하다. 왜 이런 현상이 일어난 것일까?

첫 번째는 한·중 수교에 따라 체제가 다른 중국 시장의 빗장이 열리면서 혹시 있을지 모를 리스크 우려로 진입이 순차적으로 이루어졌기 때문이다.

즉, 초기의 중국 시장 진입은 대사관, 대기업, 공사 등이 우

중국에서
중국을 보다

선하였고, 그 이후에 중소기업, 개인 자영업자들이 순차적으로 진입하였다. 내가 대학원에서 공부할 때인 1990년대 초반에 재중 고교동문회에 나가 보면, 우리 학생들을 제외하곤 대부분 대기업의 책임자급 주재원이거나, 기관에서 나오신 분들이 대부분이었다. 그런데 20여 년이 지난 지금은 자영업을 하시는 '독립군'들이 훨씬 많아졌다. 학생들의 시각으로 당시 주재원은 선망의 대상이었다. 회사에서 제공하는 넓은 평수의 고급 아파트, 집에는 도움 주는 '아이(阿姨 ; 가정부)'가 있고, 잦은 골프 라운딩에, 커피숍에서 한담하시는 대기업 주재원의 부인네들은 선망의 대상이 아닐 수 없었다. 물론 기업별로 속사정도 다르고 당시 대기업 주재원들에게는 맞벌이 금지조항이 있었기 때문이기도 했지만, 상당수 보여지는 모습들에서 그런 인식이 생겨나곤 했었다. 오죽하면 전생에 공덕을 3년 정도 쌓아야 해외 대기업 주재원의 부인이 된다는 농담이 있을 정도였으니 말이다. 그러나 시간이 지나고 대중국 사업들이 녹록치 않아지면서, 또 한국 내 상황이 예전 같지 않아지면서 주재 기간이 지나고도 복귀하지 않고 잔류하시는 분이 많아지는 상황이 도래하였다.

그런 경우 바로 '한관'에서 '한상(韓商)'으로 신분이 바뀌게 되는 것이다. 또한 열심히 공부에 매진했던 '한성(학생)'들은 많은 수가 '한샹'이 되든지, 간혹 드물게 '한관(韓官)'으로 수직 상승

하는 친구들도 생겨나기 시작했다. 그 와중에 '한타이'라는 우리의 아줌마 부대는 여전히 존재하지만, 그 상대적 여유로움이 예전 같지 않게 되었고, 그것은 경제상황과 연관이 있을 수밖에 없다. 기업환경이 안 좋아지면서 여러 가지 복지 혜택도 많이 줄어들고, 기업에서는 주재원 수를 줄이는 대신 조직을 현지화하는 추세와도 무관치 않다.

물론 최근에는 강호의 비즈니스 고수들이 생겨나면서 거물급 '한샹'들도 등장하기 시작했다. KBS 다큐 프로그램인 '글로벌

* * *

韓官　韓商　韓生　韓太　韓流

성공시대'의 주인공들도 등장하기 시작했다. 그러나 대다수 중국의 한국 교민들은 중국의 고속성장에 발맞춘 성장의 행보를 보이지는 못한 것 같다. 오히려 비단 장수 왕서방과의 비즈니스는 더 어려워졌고, 경쟁 환경도 안 좋아졌다.

'한류(韓流)'들이 많이 생겨나는 것은 참으로 바람직하지 못한 일이지만 엄연한 실상이다. 미주나 타 지역도 그렇겠지만 중국에서의 생활이 어렵다고 한국행을 결심하는 분들은 많지 않다. 한국의 경제 성장률이 2%대에 머물고 청년실업이 가중되는 상황에서 한국으로의 회귀도 부담스러운 것이다. 차라리 아직은 중국 내수시장에서 기회가 있고, 상대적으로 그나마 물가가 저렴한 중국에서의 생활을 견뎌내는 것이 현명하다고 생각하는 것이다.

두 번째 이유는 아직은 중국에 살고 있지만, 시민권이나 영주권 개념이 없는 중국에서 평생을 보내기란 어려운 일이라고 생각하기 때문인 것 같다. 언제든지 기회가 되면 중국을 뜨겠다는 생각을 갖고 있는 것이다. 그래서 상대적으로 언어나 지역에 대한 공부가 소홀한 것은 아닐까?

한·중수교 20년이 지난 지금, 북경이나 상해에는 정부의 웬만한 주요 부처들이 다 진출해 있다. 정부당국은 교민들의 삶이 나날이 퍽퍽해지는 작금의 상황에서 실질적으로 교민들의 삶을 업그레이드할 수 있는 근원적 처방도 함께 고민해주었으면 한다. 물론 교민들이 스스로 더 노력해야 한다는 전제도 맞다. 그러나 정부기관이나 공사의 주재원들은 임기가 끝나면 복귀하는 것이 상례이니, 그 고민의 치열함이 부족할 수밖에 없다. 어려운 숙제일수록 정부가 더 치열하게 고민해야 한다.

중국에서는 예의 바르고 매너 좋은 한국인들이 바로 '젠틀맨'이다. '강남 스타일'로 세계적 이목을 끌고 있는 싸이가 후속곡 '젠틀맨'을 발표했다. 뮤직비디오의 내용은 젠틀맨보다는 악동에 가까워 웃음을 자아내게 한다. 우리 교민들이 중국 내에서 진정한 한국의 젠틀맨이 될 수 있도록 전방위적인 고민이 필요한 시기이다.

> **P.S** 싸이는 다시 후속곡인 '행오버'를 냈지만 중국 내에서도 그 열기는 예전만 못한 것 같다. 중국에서는 역시 한류 드라마가 더 파급력이 강한 것 같다.

30

중국어로
멋지게 한 말씀

"남이섬의 강우현 대표를 아십니까? 폐허로 쓰러져가던 남이섬을 세계적인 관광지로 만든 사람이죠. 그 힘이 뭐라고 생각하십니까? 바로 낙천성입니다. 이 사람 좌우명이 얼마나 웃긴지 아십니까? '좌로 가나 우로 가나 운명이다. 그냥 딛고 넘어가라.' 참 낙천적입니다. 관광객들이 폭우가 쏟아지고 폭설이 내리면 남이섬에 전화를 한답니다. '오늘 이렇게 폭우가 내리는데 가도 되나요?' 그러면 이렇게 답한다고 하네요. '남이섬은 오늘이 제일 좋습니다. 폭우를 맞으면서 걸어보세요. 없던 사랑도 생깁니다.' 폭설이 내리면 이렇게 답한답니다. '오늘이 제일 좋습니다.

눈 속을 뒹굴어 보세요. 동심으로 돌아갈 겁니다.' 그래서 남이섬은 공치는 날이 없답니다. 낙천적인 생각이 오늘을 제일 좋은날로 만듭니다. 우리도 오늘을 가장 좋은 날로 만듭시다. 제가 '오늘이'라고 외치면 여러분은 '제일 좋다!' 라고 외쳐 주세요."

- 김미경의 스토리 건배사 중에서 -

내가 한국 술자리에서 가끔식 써먹는 건배사다. 물론 조금 각색은 하지만, 이 스토리 건배사를 하면 대부분 멋지다고 환영을 받았다. 우쭐!!

중국에서 공부를 하던 시절, 대기업에 다니며 수없이 다녔던 중국 출장, 중소기업의 주재원으로 시장 개척을 하면서 또 정부기관의 센터장 자격으로 참석했던 수많은 중국에서의 식사 기회, 얼마나 많은 다양한 성격의 중국식 연회에 참석했는지 모르겠다. 그럴 때마다 주최측이었던 중국 파트너 혹은 친구들은 근사하게 건배사나 멋드러진 한마디를 하고 했다. 내가 본 중국인들 중에 머뭇거리거나 우물쭈물하는 이들은 거의 없었다. 그보다는 그야말로 '멋지게 한 말씀'씩 읊어댄다. 멋지게 한마디나 건배사를 하는 사람을 보면 그 사람의 리더십이 보인다. 그만큼 생각하고 고민한 흔적이다.

중국 현지에서 중국어로 멋진 한마디나 건배사를 하려면

중국에서
중국을 보다

어떤 게 좋을까? 내가 즐겨 쓰는 문구는 마오쩌둥이 말한 명구 가운데 하나다. "싱싱즈후어, 크어이 리아오위엔(星星之火, 可以燎原 ; 작고 작은 불씨가 드넓은 초원을 불태울 수 있다.)"라고 한 뒤 "오늘의 이 만남이 우리 성공의 초석이 될 거다." 라고 살을 붙이면 대부분 다 좋아들 한다. 혹은 술이 좀 들어가면 분위기 업(up)을 위하여 이렇게 말한다. "깐칭션, 이커우먼, 깐칭첸, 티엔이티엔(感情深, 一口焖, 感情浅, 舔一舔. ; 정이 깊으면 한 번에 마시고, 정이 얕으면 살짝 대기만 하라.)." 상대방이 술잔의 술을 다 비우도록 하기 위해서 흔히 하는 말이다. 그런데 동북이나 산동에서는 잘 먹히는데, 상해나 남부 지역에서는 그다지 반응이 좋지는 않았다. 역시 지역별로 차이가 좀 있다.

중국인들이 건배를 제안하며 많이 쓰는 말을 소개해본다.

"시엔깐 우에이찡.(先干为敬. ; 저의 성의를 먼저 보여드리니 술잔을 비워주세요.)
상대방에게 술을 권하면서 자신이 먼저 마시는 것이다.

"우어취엔깐, 닌 수이의.(我全干, 您随意. ; 저는 원샷할 테니 원하는 만큼 드십시오.)"

* * *

자신은 성의를 다 보여 주고 상대방에게는 배려하는 마음을 보여 주는 것이다. 이러면 대부분의 우리 한국인들은 원샷을 안 할 수 없다.

"지유펑쯔의 치엔베이쌰오, 넝흐어뚜어쌰오 흐어뚜어쌰오.(酒逢知己千杯少, 能喝多少喝多少. ; 술벗을 만났으니 1000잔 술도 적으리. 마실 수 있을 때까지 마셔요.)"

분위기가 올랐을 때 이 문구를 얘기하면 한층 뜨거워진다.

또 다른 표현으로는 다음과 같은 것들이 있다.

"난런부흐어지유, 왕자이스상저우.(男人不喝酒, 枉在世上
走. ; 남자가 술을 마시지 않으면 세상에 태어난 의미가 없다.)"

"지유러우츄안궈창, 펑유신중리유.(酒肉穿肠过, 朋友心中
留. ; 술과 안주는 장에 스쳐가지만 친구는 마음속에 남는다.)"

"지유쫭잉슝단, 부푸라오포관.(酒壮英雄胆, 不服老婆管.
; 술은 영웅의 담력을 돋궈줘 아내를 무서워하지 않는다.)"

"라이스푸런요지아오다이, 샤오흐어지유뚜어츠차이.(来时
夫人有交代, 少喝酒来多吃菜. ; 아내가 술보다는 반찬을 많이
먹어야 한다고 명령했다.)"
  이 말은 공처가인 양 유머러스하게 얘기해야 한다.

"런자이지앙후저우, 나얼넝부흐어지유.(人在江湖走, 哪能
不喝酒. ; 강호에 나와 어떻게 술을 안 마실 수 있나?)"

"라지유슈아이아 피지유당차.(辣酒涮牙, 啤酒当茶. ; 독

한 백주는 입가심으로, 맥주는 차로 여긴다.)"

이 글을 쓰다 보니, 기억에 남는 멋진 한 말씀이 떠오른다. 내가 군복무했던 '오뚜기부대'에서는 가을이면 각 연대가 참가하는 사단체육대회가 열렸다. 군 체육대회가 다 그렇고 그렇지만, 시상식이 끝난 뒤에 사단장의 긴 훈시가 이어진다. 각 연대 병사들은 행사가 끝나고 두 시간 이상씩 행군하여 소속 연대로 복귀해야 하는데, 사단장 훈시가 길어지면 해가 일찍 떨어지는 산골의 어두운 밤길을 가야 하니 누군들 좋아할 리 없었다. 그날도 시상식 후에 예의 사단장 훈시 순서가 되었다. 장병들 모두, 이제부터 고역의 시간이구나 하고 생각하고 있었다. 그런데, 사단장이 단상에 올라오셔서 멋지게 경례를 받으시고 한 훈시는 이랬다.

"모두 열심히 잘 싸웠습니다. 고생들 많았습니다. 이상!"

10초도 걸리지 않는 훈시였고, 장병들의 환호성은 그날 가장 컸던 것으로 기억된다. 사단장은 장병들의 노고와 마음을 읽어내시는 분이었던 것이다.

환호 받는 건배사나 멋진 한마디는 분위기와 상황을 제대로 알고 전하는 진정한 마음에서 나오는 것이 아닐까 한다. 우리도 멋진 건배사 하나쯤은 만들어보자.

31

오랜 중국 생활 탓에 벌어진
몇 가지 소소한 해프닝

너무 많이 시켜요, 형님!

요즘은 한국 출장이 잦다. 자주 왔다 갔다 하다 보니 틈만
나면 한국으로 가고 싶은 마음도 든다. 고향에 대한 향수 때문일
까, 아니면 중국에 대한 애정이 옅어져서일까? 답은 둘 다 맞는
것 같다. 중국에 너무 오래 있었던 것 같다.

지난주 서울에서 아는 후배들과 식사를 할 때였다. 메뉴를
주문해야 하는데, 최근 자주 왔음에도 내가 먹고 싶은 것으로 시
키라고 양보를 해준다. 착한 동생들이다. 나는 메뉴판을 보며 아

* * *

무 생각 없이 몇 가지 전채음식(cold dish)을 시켰다. 내가 좋아하는 낙지볶음, 녹두전, 두부김치다. 그런데 후배들의 낯빛이 밝지 않다. 내친김에 곱창전골과 소주를 2병 시키고, 그 집의 특별한 후식인 '화전'도 주문해버렸다. 난 그저 중국에서 음식 시킬 때와 같은 마음으로, 평상시처럼 주문을 하였는데 직설적인 후배 한 명이 바로 나에게 들이댄다.

"형님, 너무 많이 시키시는 것 아니에요. 요즘 서울에서 저녁을 그렇게 헤비(heavy)하게 먹지 않아요! 컨츄리해지셨네, 그

중국에서
중국을 보다

동안. 아무튼 다 잡수세요."

계산할 때 언뜻 어깨너머로 보니 가격이 만만치 않긴 하다. 그래도 선배보고 컨츄리해졌다니……. 중국 제일의 도시 상해에서 살고 있는 날 뭘로 보고…….'

그날 저녁 나온 음식의 양은 그렇게 많지는 않았지만, 후배들이 적게 먹는 바람에 상대적으로 많이 남았다. 음식점을 나오며 계산을 하는 후배 등 뒤로 그냥 "잘 먹었다." 한마디 해주고 나니 멋쩍어졌다. 그런데 생각해보면 저희들이 중국에 왔을 때는 그렇게 푸짐하게 주문해도 환한 얼굴로 있던 인간들 아닌가…….

아무튼 중국에서 십 수 년간 살다 보니 부지불식간에 체득된 음식 시키는 습관, 그것도 푸짐하게 시키는 것을 미덕으로 여기는 중국인들의 관습을 나도 모르게 따라 하게 된 결과이다.

때깔이 안 나요!

요즘 한국에 들어가면 병원에 자주 가곤 한다. 검진 차원에서 들르는 것이다. 별다른 의료처치가 없으면 비용이 5천 원 이내이다. 싼 편이다. 우리의 건강보험 혜택이 세계적 수준이라는

데 맞는 것 같다. 그에 비하면 중국에서는 의료보험 혜택을 제대로 받지 못하기 때문에 터무니없는 비용을 지불할 때가 많다. 특히 국제부(한국부)는 너무 과다한 요금을 징수한다.

지난번 한국 출장 때 비염 치료를 위해 이비인후과를 찾은 적이 있었다. 대기 환자들이 많아서, 접수를 한 후 수납처 옆에 앉아서 치료를 마친 사람들이 정산하는 모습들을 지켜보게 되었다. 강남 근처라 남자 환자들이 상대적으로 많았는데도 때깔들이 참 좋다. 우선 옷맵시가 다르다. 세계적으로 패션도 한국이 강국이라 젊은 친구들이나 내 나이 또래의 사람들도 차림새가 상당히 댄디(dandy)하다. 자세히 보면 중국에 비해 배 나온 배불뚝이도 훨씬 적다. 그만큼 자기관리에 철저한 것 같다.

비용 계산하는 것을 유심히 보니 열의 아홉 명은 카드로 계산한다. 3800원, 4200원, 대부분 5천원 미만인데도 모두 신용카드 결제이다. 난 아직도 소액 계산에 카드를 잘 내밀지 않는다. 습관이 되어 있지 않기 때문이다. 중국에서는 또 비밀번호를 눌러야 하는 등 상대적으로 번거롭다. 그런 마음으로 무심코 보니 내 양복 바지는 다른 사람보다 통이 훨씬 넓어 보였다. 그리 오래된 양복도 아닌데 입던 습관대로 재단하였는지, 한국에서 유행하는 타이트한 스타일과는 전혀 다르다. 내가 이방인으로 느껴진다. 예전에는 무심하게 보고 넘겼던 것들이 요즘 들어 자주 눈에 띄는 건 왜일까? 내 시각이 예전보다 섬세해졌나? 아니면 그만큼 한국과 중국이 소프트한 면에서 차이가 있다는 것을 그동안 깨닫지 못하고 있었던 것인가?

상해, 북경의 중국인들도 많이 달라지고 세련되어지긴 했지만, 역시 다이내믹 코리아, 한류를 이끄는 한국과는 차이가 엄연히 존재하는 것 같다.

예전 유학시절에도 한국에 들어오면 항상 어머니가 하시던 말씀이 생각난다.

"옷이 왜 그렇게 때깔이 안 나고 거무죽죽하냐? 물 때문이냐?"

그러면서 항상 깨끗한 옷들로 다시 챙겨주시곤 했던 기억이 난다.

그리고 한국에서 일주일쯤 지내다 중국에 되돌아갈 때면 올 때와 다르게 때깔이 났었다고 믿은 것은 나만의 착각이었을까?

언어의 부가가치

나는 1992년부터 지금까지 잠깐 동안의 한국 체류기간을 빼고는 거의 20년을 중국에서 생활해왔다. 요즘 특히 느끼는 것이지만, 한국 출장을 갔을 때, 혹은 한국에서 온 손님들과 얘기를 나눌 때, 대화에 필요한 적절한 단어가 잘 떠오르지 않는다. 물론 나이도 먹고, 우리 와이프의 주장대로 과다한 알코올 섭취로 인한 치매 초기증상 때문인지도 모른다. 그러나 아직은 내 나이가 치매와는 먼 편이라 그 말에는 동의할 수 없다. 스스로 위안하기는 중국에 오래 살다 보니, 한국어 어휘력이 떨어져서 그런 게 아닐까 싶다. 아무래도 외국에서 오래 거주하다 보면 그곳의 언어와 문화에 적응하면서 모국어 사용이 줄어들고 자연스럽게 둔해지는 것은 당연하리라. 하지만 이것도 변명에 지나지 않는다. 그런 논리대로라면 중국어 실력은 체류한 햇수만큼 비례해서 발전해야 할 것 아닌가? 하지만 유감스럽게도 내 중국어 수준은 중국 진입 3년차 정도에 머물러, 더 이상 발전이 없는 것 같다. 중국어가 유창한 것도 아니고, 한국어 어휘력은 떨어지니 그야말로 신(新)조선족이다.

국제학교에 다니는 아들의 학부모 면담이라도 가려면, 그야말로 전날부터 걱정이 앞선다. 국제학교에서 통상적으로 쓰이는 언어는 영어인데, 영어 앞에서는 그야말로 '과묵한 아빠'가 되기 십상이다. 전시회 때 영어권 고객의 상담이라도 하는 날에는 땀으로 겨드랑이가 축축하다. 나도 최고학부를 다녔지만, 항상 영어 앞에서는 주눅이 든다. 영어를 유창하게 구사하는 사람을 보면 인간(?)이 품격 있어 보인다. 반면에 중국어를 유창하게 구사하는 사람은 그다지 멋있어 보이지 않는다. 왜일까? 예전 시끄러웠던 중국집 화교들의 대화, 호떡집에 불났냐는 식의 은근한 비하……. 아마도 아직은 언어의 경쟁력, 언어의 부가가치 면에서 차별성이 존재하는 것 같다.

중국어가 영어만큼 멋있고 근사하게 들리려면, 역시 그 언어를 바탕으로 하는 국격이 있어야 하나 보다. 엘리베이터에서 먼저 눈인사하고 상대방을 배려하는 그 멋스러움이 "after you." 라는 한마디에 녹아들어 있는 것이다.

이십여 년을 중국에서 살아온 나의 경쟁력은 무엇일까? 날씨만큼 마음이 화창하지만은 않다.

그래도 많은 것이 좋다(人多好)

　글로벌 비즈니스가 가능하고 인구가 1000만 명 이상 되는 거대 도시를 우리는 통상 '메가시티(megacity)'라 부른다. 2013년 기준으로 전 세계의 41개 메가시티 중 7개의 도시가 중국에 속해 있다. 모름지기 중국을 대국이라 부를 만하다.

　가끔씩 친구나 친척이 출장 혹은 여행차 와서 내가 동행할 때면 만리장성이든, 천안문광장이든 어김없이 넘쳐나는 중국인을 보고 놀란다. 여행 성수기도 아니고, 주말도 아닌데 평일에 무슨 사람이 이렇게 많느냐는 것이다. 그럼 나는, 뉴질랜드나 아프리카에서 온 것도 아니고, 중국을 방문하며 이 정도 각오도 없이 오셨냐 하며 대부분 퉁쳐버린다. 어느 관광지든지 둘러볼 곳이 많으니 중간에 목이라도 축일 겸 KFC나 맥도널드에 들어가면 비단 손님들뿐만 아니라 매대에서 서빙하는 종업원 수도 많은 것에 또 놀란다. 얼핏 봐도 우리네 패스트푸드점의 2배가 넘는 인원이 서빙을 하니 그럴 만하다. 손님이나 친척들은 역시 중국의 내수시장 잠재력 운운하지만, 난 이렇게 사람에 치이는 게 요즘은 버겁다. 나이가 조금 들어서인지 소소한 것에도 그냥 넘어가기보다는 까다로워지고 민감해진다. 나이 먹는 과정이라고 주변에서는 얘기한다.

내 기억으로 최근 3~4년 동안 출장차 다른 도시에 가기 위해 중국판 KTX인 '까오티에(高鐵)'나 비행기를 타면 거의 100% 만석이다. 항상 그렇다. 아침이건 저녁이건 심야 비행기이건 거의 빈자리가 없다. 한국에서처럼 옆자리가 비어 비즈니스석 같은 공간의 호사를 누리거나, 조용히 바깥 풍경을 보며 열차 여행을 하는 것은…… 음, 중국에서는 기대하기 어렵다.

13억 4천만, 8억, 5억 4천만, 1억, 6000만…… 로또의 등수별 당첨금액이 아니다. 중국의 시대별 인구 수치이다. 2013년 인구센서스 기준 13억 5천만, 1969년 기준 8억, 1949년 신중국 성립 시기 5억 4천만, 북송 시기 1억, 당나라 시대 6천만~8천만이다. 북송 시대가 약 11세기이니, 산술적으로 천년 동안 중국은 인구가 약 13배 늘어난 셈이다. 그러나 중국의 인구가 최초로 1억을 돌파한 북송시대에 송나라에 많은 수모를 안겨주며 침략해왔던 거란족, 여진족, 몽고족들은 그 수가 모두 100만 명 이내였으니, 크거나 많다고 반드시 강한 것만은 아니라고 볼 수 있다.

중국의 인구가 점진적으로 계속 증가한 것은 아니다. 중국 인구가 공식적으로 집계, 통계화되기 시작한 시기는 서한(西漢) 원시(元始) 2년, 즉 서기 2년경으로, 당시 인구가 약 5900만 명

* * *

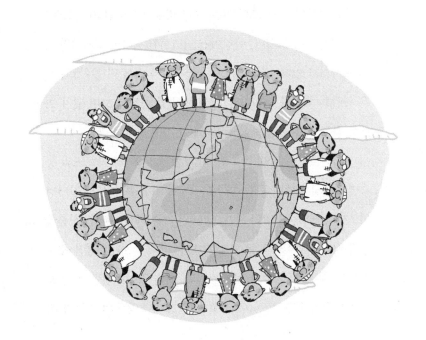

중국에서
중국을 보다

이었다고 기록되어 있다. 명대(明代)의 기록을 보더라도 6000만 명 수준을 유지한 것으로 서술되고 있고, 처음 1억을 넘어선 것은 북송(北宋) 말엽으로 알려져 있다. 그러니 수천 년 동안 중국 인구의 변화는 크지 않았던 것이다. 그런데 청나라 순치제 때 기록상으로 1억 2천만 명, 문종 함풍제 시기에 4억 3천만 명으로 기록되어 있으니, 이백년 동안에 약 3.5배의 인구 증가가 나타났다. 아무래도 정치적 안정과 경제발전, 공중위생의 개선, 전반적으로 풍요로운 사회환경이 인구 증가의 가장 큰 요인으로 작용한 것이 아닌가 생각된다.

그러다 1949년 공산혁명 때 5억 4000만 명이었던 인구가 1953년 인구통계에서는 6억 2000만 명이 됐다. 사회주의 정부 4년 만에 8000만 명이나 급증한 것이다. 이 시기에 베이징대 총장이었던 마인추(馬寅初)는 1957년 인민일보에 '신(新)인구론'을 발표해서, 갑작스러운 인구 증가는 식량 문제를 가져와 민생에 치명적 재앙이 될 것이라는 주장을 펼쳤다. 하지만 이 주장은 "권력은 총구에서 나온다."고 말한 카리스마 지도자 마오쩌둥의 "그래도 많은 것이 좋다(人多好)"라는 한 마디에 묻혀버리게 된다. 정치적 상황 아래에서 경제학자의 '미래 통찰'은 메아리 없는 공허한 소리가 되고 말았다.

중국의 인구 및 산아정책은 아직도 사회적으로 '뜨거운 감자'이다. 헤이하이즈(黑孩子)*, 샤오황디(어린 황제)** 등의 문제도 사회적으로 풀어가야 할 숙제이지만, 당분간은 '저출산정책'을 유지할 수밖에 없을 것이다. 세계 인구의 1/5을 차지하지만 경작 가능한 면적은 전 국토 대비 7%밖에 안 되는 상황이니 인경제 · 자원 · 환경 등의 문제들이 발생할 수밖에 없는 현실인 것이다. 중국의 안정적인 성장 전략 측면에서는 장기적 '인구정책'이 상당히 중요한 문제일 수밖에 없다.

우리가 고교시절에 배웠던, 영국의 대표적 인구학자 맬더스의 주장이 생각난다. "식량은 산술급수적으로 증가하지만 인구는 기하급수적으로 증가하여, 끊임없는 인구증가는 결국 사회적 빈곤을 초래하게 된다." 맞는 말이다. 하지만 그가 간과한 것이 있다. '기술의 진보' 이다. 그의 주장대로라면 인류는 벌써 멸망했어야 한다. 하지만 인류가 풍요와 빈곤의 차이는 있지만 그래도 멸망하지 않고 살아가고 있는 것은 끊임없이 발전하는 '기술' 덕분이다. 식량자원을 개발하고 생산하는 기술의 진보가 경제학자들의 주장을 무색하게 만들고 있는 것이다.

중국 역시 이런 관점에서 볼 때 빈곤보다는 풍요를 향해 가고 있다. 아울러 '세계의 공장'에 필요한 풍부한 노동력이 결국 '내수시장'의 활성화를 가져오고, 결국 경제 성장세로 이어진 점을 감안하면, 13억이라는 거대 인구가 나름대로 긍정적으로 작용했다고 평가할 수 있을 것이다.

나는 인구학자도 아니고, 경제학을 잘 아는 사람도 아니다. 그런 면에서 '인구 문제'를 논하는 것은 내 관심사가 아니다. 단지 나의 조그마한 바람은 사람이 많아도 보이지 않는 질서, 서로간의 배려, 상호간의 존중으로 좀 더 쾌적한 환경에서 생활할 수 있었으면 하는 것이다.

"봄비는 바람 따라 살며시 밤에 내려, 소리없이 촉촉이 만물을 적시네(隨风潜入夜, 潤物细无声)."라는 두보(杜甫)의 시 구절처럼 조용하고 차분한 중국의 고즈넉한 밤은 언제쯤 오시려나?

TIP

* **헤이하이즈(黑孩子)** : 중국 정부의 1가구 1자녀 정책을 지키지 않고 출산한 초과출생자를 일컫는 말이다. 이들은 호적에 오르지 못하므로 여러 가지 사회적 문제가 되고 있다.
** **샤오황디(小皇帝)** : 1가구 1자녀 정책으로 태어난 외동아이를 말한다. 응석받이로 자라게 마련이다.

33

그들이 알려주지 않는
중국의 사법제도

중국의 판사를 욕하는 외국인들이 많다. 욕을 하는 이유는
단순하다. 내 재산, 내 명예에 관한 소송을 진행하는 법원과 판
사에게 위엄, 의사전달능력, 결단성, 혁신성, 열린 마음, 정직,
고결함 등이 없다는 것이다. 언제 빗었는지 모를 떡진 머리로 마
을회관 같은 공간에서 학급회의 하듯이 소송을 진행하면서 대부
분 "너도 잘못했고, 니도 잘못했으니" 서로 합의하라고 권유한다
고 한다. 판결문도 어이가 없을 정도로 짧은데, 시시비비의 요지
없이 결정사항만 판시(判示)한다. 게다가 예를 들어 배상청구액
이 100위엔이라면 판결 금액은 150위엔인 경우도 허다하다. 판

결문을 보고 있노라면 욕을 배워서라도 해주고 싶은 심정이라고
한다.

우선 이해를 돕기 위해 중국의 법원에 대해서 간략하게 설
명할까 한다.

중국의 심판기관은 법원이다. 중국의 법원은 크게 4가지(기
층법원, 중급법원, 고급법원, 최고법원)로 나뉜다. 최고법원은
최고 심판기관이자, 지방 각급 법원, 군사법원 등의 심판업무를
감독하는 기관이다.

중국은 우리나라와 달리 4급 2심 종심제이다. 1개의 최고
법원이 베이징에 있고, 31개의 고급법원이 각 성(省-22개), 직
할시(4개), 자치구(5개)에 1개씩 있으며, 약 300여 개의 중급법
원이 각 시(市)에 있고, 약 3,000여 개의 기층법원이 각 현(縣)과

구(區)에 있다. 그리고 기층법원과 동급의 인민법정(人民法庭)은 최소 3명 이상의 판사가 민사사건만을 담당하는 상설재판소로서 전국에 약 15,000여 개가 산재해 있다.

* * *

그런데 심판사건의 약 80%는 기층법원이 심리한다. 그리고 중급법원이 약 10%, 고급법원과 최고법원이 나머지를 심리한다. 문제는 중급법원, 고급법원, 최고법원이 아닌 약 3,000여 개의 기층법원에서 이루어지는 판결이다. 이에 대해 외국인이 불만을 표할 수밖에 없는 고질적인 문제가 있다.

그 첫 번째는, 중국에서 실질적으로 분쟁을 해결하는 주요 방식은 사적 구제이지, 공적 구제(국가 구제)가 아니라는 점이다. 공적 구제로 해결하기에는 비용이 많이 들고, 처리 기간도 너무 길다. 사회적 분위기도 공적 구제보다는 사적 구제를 선호하는 경향이 높고, 이로 인해 법원과 판사에 대한 의지도가 그리 높지 않은 게 현실이다.

두 번째는, 사법 권력의 한계성이다. 중국 모든 법원의 법원장은 그 지방의 권력핵심이 아니다. 중국은 '당정합일(黨政合一)'의 국가이다. 중앙의 정치 핵심은 정치국 상무위원회이고, 성(省)의 정치 핵심은 성 상무위(省常務委)이고, 시의 정치 핵심은 시 상무위(市常務委)이다. 쉽게 말해 중국의 사법권은 국가권력의 핵심에 진입할 수 없다. 중국의 법원에서 사법체제의 개혁을 외치고 있지만, 실질적으로 법원 내부의 목소리일 뿐 정치와 권력의 핵심부에서는 이를 받아들이지도, 신경 쓰지도 않다는 데 그 문제점이 있다.

세 번째는, 기층법원의 재정문제를 들 수 있다. 판사의 월급이 그 지방의 재정에서 지급되는 곳도 있지만 대부분 약 80%의 기층법원이 소송비로 충당하고 있다. 2007년 4월 1일 '소송비 납부법'이 시행되면서 기층법원의 소송비 수입이 30~50%가 감소했는데, 그로 인해 월급을 제대로 받지 못하는 판사들이 적지 않다는 점도 문제점이 되고 있다.

마지막으로 2002년 3월 중국 사법고시 제도가 마련되기 이전의 기층법원 판사들은 퇴역군인, 기관이나 사업단위 등에서 선출된 사람이었고, 이로 인해 자질이 부족한 판사들이 아직도 현직에 근무하고 있다는 점도 문제의 심각성을 더해 주고 있다.

* * *

이러한 문제들이 근본적으로 해결되지 않는 한, 외국인이 중국의 법원과 판사에 대하여 불평을 하는 것은 어쩌면 당연한 일일지도 모르겠다.

인터넷 시대의 항우와 유방

　　인터넷은 중국어로 '호연망(互联网)'이라 한다. 말 그대로 '서로 연결되는 네트워크(망)'이다. 표현이 간결하다. 인류 문명사가들에 의하면, 인류의 역사는 수렵사회 → 농경사회 → 산업사회 → 정보화사회(또는 후기산업사회)로 발전되어 오고 있는데, 수렵사회와 농경사회에서는 물질이 주로 인류 생활을 지배했지만, 산업혁명 이후의 산업사회에서는 물질과 에너지가 인류의 생활을 지배해왔다고 한다. 그러나 컴퓨터가 일으킨 정보혁명을 계기로 시작된 새로운 인류사회에서는 물질과 에너지도 중요하지만 특히 정보가 인류 생활을 지배하게 되는데, 이처럼 정보가 인류 생활을 지배하는 사회가 곧 정보화사회라는 것이다. 그 중심에 바로 '인터넷'이 있다.

나는 중국에서 한국의 지인들과 주로 '카톡'으로 메시지를 주고받지만, 중국 대다수의 친구들은 중국의 '위챗'을 사용한다. 위챗은 'QQ'로 알려진 인스턴트 메신저로 성장한 텐센트(腾讯)의 중국판 카카오톡이다. 이미 '위챗'은 가입자 3억 명을 넘기면서 구글과 아마존에 이어 세계 3대 인터넷 회사에 오르는 기염을 토하고 있다.

전자상거래에서는 우리 한인들이건, 중국인들이건 가장 많이 이용하는 인터넷쇼핑몰이 '타오바오닷컴'이다. 중국 최대 전자상거래 업체이다. 언젠가(2014년 9월) 쇼핑몰 타오바오에서 큰 이슈가 되었던 품목이 있다. 바로 호주 항공기 제조사가 생산한 소형 비행기인데, 191만 위엔(3억 4천만 원)의 가격으로 경매가 성사됐다.

한국에서도 외제 승용차가 전자상거래를 통하여 판매되어 화제가 되기도 했지만, 소형 비행기가 온라인상에서 판매되는 것을 보고 필자는 사실 많이 놀랐다. 업계 관계자들은 전자상거래의 잠재력을 충분히 보여준 사례라며, 앞으로 사람들이 몇백, 몇천만 위엔 상당의 물건도 인터넷에서 구매할 것이라고 주장하기도 하였다. 경매에서는 비행기 1대만 거래됐지만, 당시 '온라인 비행기 경매' 참가자가 무려 57,657명에 달했다니, 놀라운 숫자 아닌가? 그 '타오바오'를 소유하고 있는 중국의 회사는 '알리바바 그룹'이다.

인터넷 포털과 전자상거래업체의 양대 산맥인 텐센트와 알리바바 그룹을 이끌고 있는 수장들이 모두 공교롭게도 마(馬)씨들이다. 텐센트의 마화텅(马化腾)과 알리바바의 마윈(马云)이 그 주인공들인데, 그야말로 인터넷 시대의 중국판 '항우와 유방'인 셈이다.

* * *

중국에서
중국을 보다

개인적으로 보기에 두 사람의 생김새도 '항우와 유방'처럼 대조되는 면이 있다. 나이 상으로는 마윈이 몇 살 연상이고 훨씬 남자다운(?) 외모를 가지고 있다. 외모의 터프함이 화제가 되기도 하였다. 그에 비해 중국의 빌게이츠라 불리우는 마화텅은 빌게이츠처럼 안경을 낀 이지적인 얼굴로 좀 유약하게 보인다. 다분히 나의 개인적인 생각이기는 하다.

'마윈 way'라고도 불리우는 알리바바 그룹은 초창기 전자상거래에서 '다윗과 골리앗'의 '다윗'에 비교되며 지구촌 최대의 전자상거래 업체인 미국의 이베이를 중국 내에서 녹다운시켰다. 누구도 예상하지 못한 결과였다. '세상에 불가능한 장사란 없다'는 기치 아래, 세상의 장사꾼들을 한데 모으는 것이 그의 목표였다고 한다. 마윈은 그것이 가능한 공간은 오직 인터넷뿐이라는 사실에 집중했다. 시대를 앞서 보는 통찰력이 있지 않았나 한다.

그에 비해 텐센트의 마화텅은 '모방의 귀재', '응용의 귀재'라 불리운다. 아주 영리한 모방으로 시장을 만들어갔다는 것이다. 이스라엘의 인터넷 메신저를 보고 중국식으로 응용한 'QQ' 메신저를 만들어냈고, 한국의 아바타 서비스, 신랑망(중국의 인터넷 포털)의 벨소리 서비스 등을 적절하게 새로운 비즈니스 모델로 재창조해내었다. 인터뷰에서도 "고양이를 보고 똑같은 고양이가 아닌 사자를 그려내었다."라고 말한 것처럼 차별적 모방을 해낸

면이 있다.

　'항우와 유방'의 이야기는 모두 잘 알고 있듯이 유방의 승리로 끝나게 된다. 고사에는 유방이 왕위에 오른 후 신하들과 함께 있는 자리에서 자신이 천하를 잡은 이유를 말했다고 하는데 이렇게 전하여진다.

* * *

　"나는 장량처럼 교묘한 책략을 쓸 줄 모른다. 소하처럼 행정을 잘 살피고 군량을 제때 보급할 줄도 모른다. 그렇다고 병사들을 이끌고 싸움에서 이기는 일을 잘 하느냐 하면, 한신을 따를 수 없다. 하지만 나는 이 세 사람을 제대로 기용할 줄 안다. 반면 항우는 단 한 사람, 범증조차 제대로 기용하지 못했다. 이것이 내가 천하를 잡은 이유다."

* * *

　이런 면에서 볼 때, 향후 중국의 인터넷 시장의 패권은 누가 쥐게 될까? 카리스마와 중국식 통찰력을 보유한 알리바바의 마윈일까, 아니면 시대에 맞게 시장을 만들어가는 텐센트의 마화텅일까?

　그러나 아쉽게도 2014년 5월에 알리바바의 마윈은 수석 부

중국에서
중국을 보다

총재인 '루자오시'에게 향후 알리바바의 차기 최고경영자 자리를 넘기며 은퇴를 하였다. 아쉬운 일이다.

중국판 『포브스』라 불리는 『후룬(胡潤)리포트』에 의하면, 현재는 부동산 그룹으로 알려진 완다 그룹의 왕젠린(王健林) 회장이 중국 최고 부호 자리를 차지하고 있지만, 5년 후에는 마윈이나 마화텅이 그를 앞지를 가능성이 있다고 전망한다. 충분히 가능성이 있는 이야기이다. 그것은 인터넷 시대의 항우와 유방의 패권싸움 이전에, '인터넷'이라는 걸출한 역사(力士)를 둘 다 등에 업고 있기 때문이다.

35

읽는다는 것

길었던 일주일의 국경절(10월 1일) 연휴를 하루 남기고 있다. 언제부터인가 우리 가족은 중국의 휴일에는 중국 내 여행은 가급적 자제한다. 어느 여행지나 수많은 사람들에 압도되어 여행의 여유로움을 즐기려는 우리 가족과는 코드가 맞지 않아서이다. 집에서 곰탱이처럼 뒹굴뒹굴하니, 우리 집 파워 넘버 1인 아내가 책장 정리를 하라고 지시하신다. 베이징으로 이사를 오면서 중간 정리를 한 번 했는데도 아직도 어수선하다. 큰맘 먹고 다시 한 번 정리 작업에 들어갔다.

그런데 책장 맨 위에 마구잡이로 쌓여 있는 책 중에 두 권의 제목이 눈에 들어온다.

『너희가 책이다』와『독서 천재가 된 홍대리』라는 제목의
책이다. 책을 꺼내 먼지를 닦으며 표지 글을 살피니 이렇게 쓰
여 있다. '한 권의 책은 한 사람의 인생을 바꾼다.', '너희들 스스
로가 한 권의 책이 되어라.' 멋진 문구이지 않은가?『독서 천재
가 된 홍대리』는 국내 최초의 소설로 읽는 독서 입문서이다. 작
가 이지성에 의하면 독서에는 세 가지 유형이 있는데, 향유하는
독서, 지식을 얻는 독서, 삶을 변화시키는 독서가 있다고 한다.
이 책은 삶을 변화시키는 독서에 대한 이야기다. 이 두 책의 영

* * *

향을 받아, 오늘 한 나절 책장에 쌓여 있는 중국 관련 책들에 관
하여 정리를 해보기로 한다.

◆ 중국사에 관한 서적들

『중국사 개설』, 松丸道雄, 永田英正/한울

『정통 중국 현대사』, 중국공산당 중앙문헌연구실/사계절

『신중국사』, 존 페어뱅크/까치

–선사시대부터 최근의 천안문 사태에 이르기까지 중국 역사를 관통, 근현대

　사 중심. 만만치 않은 분량

『중국全史』, 翦伯贊/학민사

　–1949년 중화인민공화국이 성립된 이래 중국에서 출간된 공식 교육용 도서.

　중국인 스스로 보는 중국사. 중국대학 진학을 위해서는 필수적으로 봐야 함.

『중국혁명사』, 서진영/한울아카데미

『세미나 중국사』, 주신영 옮김/시평

『중화인민공화국』, 이재선 옮김/학민사

◆ 중국 문화에 관한 서적

『베이징 특파원 중국 문화를 말하다』 홍순도/서교출판사

　–베이징 특파원 13인이 발로 쓴 중국 문화 코드 52가지 이야기

『짜오 차이나』, 조희한, 구양근 외/해냄

중국에서
중국을 보다

−현직 중문과 교수들의 중국 보고서. 수필 형식이라 읽어가기에 부담이 없다.

『우마차 타고 핸드폰 든 중국』, 김병추/소나무

− 전 대우 지사장의 초창기 중국 이야기

『'중국' 내게 말을 걸다』, 이욱연/창비

−현 서강대 중국문화학과 교수의 저서. 중국 문화를 아우르는 풍부한 내용이
  있다.

『중국, 중국인 똑바로 보기』, 박승준/조선일보

『중국인과 일본인』, 구영한/삶과꿈

『중국이 보인다』, 중국학연구회/일빛

『중국인, 불의는 참아도 불이익은 못 참는다』, 리니엔무 지음/ 예문

『쭝궈렌과 한궈렌』, 마중가/삼성

 − 마중가 교수는 한국계 중국인이다. 현대 중국의 인정, 풍속, 해학을 담았다.

『중국. 중국. 중국』, 강효백/예전사

◈ 인문학적 관점에서 중국을 소개한 책

『중국 읽어주는 남자』, 박근형/명진출판사

−30대의 젊은 인문학자가 쓴 중국 이야기

『배낭에 담아온 중국』, 우상휴이/흐름

− 대만의 대표적 지식인이 아들과 함께 중국을 여행하며 쓴 이야기. 유머러
  스하기도 하지만 내용에 깊이가 있다. 아들과의 대화가 재미있다.

『중국을 품어라』, 최재선/청림출판

『천안문을 열고 보니』, 이동식/창공사

『중국인 이야기』, 시그레이브 /프리미엄북스

－화교에 대한 이야기이다(보이지 않는 제국).

『공자가 죽어야 나라가 산다』, 김경일/바다출판사

◆ 소설적 관점에서 중국을 소개한 책

『정글만리』, 조정래/해냄

－ 현재의 중국을 소재로 한 기업소설.

『새로운 황제들』, 해리슨 솔즈베리/다섯수레

－ 모택동과 등소평 시대의 중국에 관한 대서사시.

『모택동의 사생활』, 리즈수이/고려원

－ 모택동의 주치의가 쓴 마오의 사생활 및 중국 고위관료들의 내부를 들여

　다본 책.

『대륙의 딸』, 장영/대룡

－ 전세계에 100만 부가 팔렸다고 한다. 격동의 중국 대륙을 '세 여인'의 이야

　기로 풀었다.

◆ 중국 비즈니스에 관한 서적

『천안문을 두드리면 중국이 흔들린다』, 김동하/진명

중국에서
중국을 보다

『차이나머천트』, 김동하/한스미디어

『중국인의 상술』, 강효백/한길사

『중국 가서 망하는 법』, 손석복/중앙M&B

『중국인의 상관습과 협상 요령』, 대한상공회의소

『중국을 뒤흔든 한국인의 상술』, 조평규/한성출판사

– 작가는 얼마 전 KBS '성공시대'에도 출연한 것이 기억난다.

『지금 중국에 돈을 묻어라』, 박용석/명문

『중국 CEO, 세계를 경영하다』, 박한진 외 /서돌

『지금이라도 중국을 공부하라』, 류재윤 /센츄리원

–개인적인 친분이 있는 전 중국삼성 임원 류재윤 선배가 쓴 글이다. 진정한
  중국 전문가의 내공이 느껴지는 책이다. 일독을 권한다.

◈ 중국 음식에 관한 서적

『중화요리에 담긴 중국』, 고광석/매경

『음식천국 중국을 맛보다』, 정광호/매경

『중국 식객』, 윤태옥/매경

–다큐 PD 왕초의 리얼 음식 기행기. 최근의 내용들로 구성되어 볼 만하다.

◈ 정치인 및 소설가가 쓴 중국 서적

『한국을 보는 중국의 본심』, 정덕구/중앙북스

- 중국 전문가의 글은 아니지만, 중국에 대한 상당한 통찰력이 엿보인다.

『김하중의 중국 이야기』, 김하중/비전과리더십

『중국 읽기』, 김정현/문이랑

- 『아버지』의 작가 김정현이 중국 대륙을 여행하며 쓴 책으로, 전문서에 가깝다.

『차이나 쇼크』, 매일경제, 한중경제포럼. 대외경제정책연구원/매경

『삼성과 중국』, 김유진/동양문고

- 18년간 현지화를 위해 노력한 삼성 임원 김유진이 쓴 삼성의 대중국 경영 전략서

『차이나 프라이스』, 알렉산드라 하니/황소자리

- 해외에서 중국을 이해하기 위해 많이 권장하는 책이다. 여류작가로 중국에 대한 공부가 상당하다.

『메가트렌드 차이나』, 존 나이스비트/비즈니스북스

- 대단히 유명한 저자이고, 통찰력 있는 책이나, 개인적으로 잘 읽히지는 않았다.

『후흑학』, 신동준/위즈덤

『변경』, 령청진/더난출판사

『상경』, 스유엔/더난출판사

『수퍼파워 중국』, 피터나바고/살림비즈

중국에서
중국을 보다

◈ 기타

『북경 읽기』, 송훈천/서교출판사

– 전 현대자동차 출신 저자의 북경 생활기. 개인적으로는 공감이 많이 갔던 책
  이다.

『차이니즈 나이트』, 강효백/한길사

– 중국 여행 때 읽으면 잘 읽혀지는 재미있는 책.

* * *

애초 '책장'을 정리하자던 계획은 중국에 관한 '책' 정리로 마무리되었다. 중국에 관한 책을 정리하면서 든 생각이지만, 특정 분야에서 성공한 사람들이 쓴 책에는 보통 30년의 노하우가 담겨 있다고 한다. 이것을 조금 비약하자면 100권의 전문 분야의 책을 읽으면 3000년의 내공이 쌓이는 것이다.

책 읽기 좋은 계절, 가을이다.

망년교(忘年交)

우리가 중국에 와서 빈번하게 듣는 단어 중에 '펑이유(朋友)'라는 단어가 있다. 특히 중국인이 우리에게 호의로 혹은 가까워지고 싶어서, 혹은 사업상, 다른 필요에 의해서도 대단히 자주 쓰는 단어 중 하나이다. 우리는 그것을 통상 '친구'라 번역하여 이해한다.

그런데 우리가 예전부터 쓰고, 듣고, 알고 한 그 '친구'가 그 '펑이유(朋友)'의 의미일까? 혹 그 질문에 대하여 진지하게, 혹은 좀 시간을 갖고 생각해본 일이 있었나 스스로에게 물어본다.

올해 2학기째부터 휴학을 하고 베이징에서 지내는 딸이 느닷없이 중국 친구를 만나러 간다고 한다.

어떤 친구냐고 물으니 채팅으로 만난 중국 언니라 한다. 근무하는 회사도 '소니(sony)'라 왕징에서 가까운 거리라고 한다. 30살이 된 베이징 여성인데, 한국어를 배우고 싶어 쌍방향 언어를 가르쳐주고 '친구' 하기로 했다고 한다. 다음날 궁금해서 슬쩍 물어보니 일주일에 두 번씩 만나서 맛있는 것도 먹고 서로의 '언어'에 대하여 가르쳐주기로 했단다. 나는 나이 차가 나는데 괜찮냐며 물어보니, 전혀 부담이 없다면서 나에게 '망년교(忘年交)'가 무슨 의미인지 아냐고 오히려 묻는다.

그 중국 언니가 알려준 단어라는 '망년교(忘年交)'는 '나이에 관계없이 두루두루 친구로 사귄다'는 의미라고 한다. 그리고 둘은 '펑이유(朋友)' 하기로 했단다. 9살 차이인데……

사무실에 출근하여, 점심식사를 할 때 한국에서 5년을 유학한 석가장 출신의 여직원 찌셴(纪镟)에게 그 이야기를 했더니 웃으면서 이야기한다.

"저도 첨에 한국 가서 학교 선배에게 '우린 친구야.'라고 했더니 선배가 순간 얼었죠. 그 선배는 '뭐야?' 했어요. 그때만 해도 저는 그러는 게 이해가 안 되었어요. 중국에서는 저희 할아버지도 저에게 친구 하자고 하세요. 그건 손녀랑 더 친해지고 싶은 맘이거든요."

유창한 한국어로 이렇게 얘기를 한다. 그러면서 한마디 덧붙인다.

　"한국 사람들이 선후배라는 관계를 자연스럽게 받아들이는 것처럼 중국에서는 나이와 상관없이 친구라는 관계를 자연스럽게 받아들이는 것 같아요. 어쩌면 '친구'라고 번역했지만 애초부터 다른 개념이 아닐까 싶기도 해요. 중국인이 생각하는 '펑이유(朋友)'라는 개념은요."

　나와 2년 여를 같이 근무했지만 사실 이 친구의 이런 유창한 한국어 구사능력이 더욱 놀랍다. 나에게는…….

　'친구'와 '펑이유(朋友)'는 어떤 차이점이 있을까? 네이버 검색을 해보니 친구(親舊)는 사전적 의미가 이렇게 정의되어 있다. '가깝게 오래 사귄 사람', '나이가 비슷하거나 아래인 사람을 낮추거나 친근하게 이르는 말'. 반면 중국 바이두에서 '펑이유(朋友)'는 '인간관계 중 중요한 교제 대상, 즉 인적 관계에서 혈연으로는 발전하지 않았지만, 매우 중요한 우호적인 사람(是人际关系中甚为重要的交际对象。朋友是指人际关系已经发展到没有血缘关系，但又十分友好的人)'이라고 정의하고 있다.

　한국의 친구는 '미시적' 인간관계라면, 중국의 '펑이유(朋友)'는 세상에 두루 걸쳐 있는 거시적 관계라는 데 그 차이가 있는 것이 아닐까?

　중국 사회는 그야말로 인간관계로 형성된 인간관계 사회라고 부를 수 있다. 모든 것이 사람과 사람의 관계로 연결되어 있으며, 그 관계가 조직을 초월해 대단히 중요한 역할을 하는 사회이다. 이것을 중국인들은 '꽌시'라고 부른다. 관계가 좋으면 무엇이든 통하고, 관계가 없으면 어디로 가나 막힌다. 이는 중국에서 사는 우리 교민들도 몇 번씩은 느껴봤음직하다. 그래서 중국 속담에 이런 말이 있다. '펑이유가 한 명 더 생기면 길이 하나 더 생기고, 남의 미움을 사면 벽이 하나 더 생긴다.(多个朋友多条路, 少个朋友多堵墙)'

그래서 중국인들은 어떤 일을 부탁하고자 할 때, 하찮

* * *

은 일이라도 당사자를 바로 찾지 않는다. 그 당사자에게 쉽게 다가갈 다른 '꽌시'를 찾는다. 그래서 그 사람에게 미리 연락을 취하게 해놓든지, 아니면 소개를 받고 나서야 방문하러 간다. 그게 중국식 '꽌시'의 스타일이다. 그리고 그게 '펑이유'가 되고, 시간과 공간을 넘어 '라오 펑이유'가 된다.

　　10여 년 전에 곽경택 감독의 '친구'라는 영화가 빅히트 쳤던 기억이 있다. 장동건, 유오성이라는 선이 굵직한 유명 배우들보다도 '우리 친구 아이가.' 라는 대사가 더 기억에 남는 영화였다. 어떤 대사가 친구 관계를 그만큼 절절하게 표현할 수 있을까? '우리 친구 아이가.' 그것이 한국적 친구가 아닌가 싶다. 거시적 관계의 인간관계보다 훨씬 끈끈한 한국적 정서의 관계가 아닌가 한다.

　　그러면 중국에서는 어떻게 '펑이유(朋友)' 관계를 우리 식의 '친구'처럼 발전시키고 유지할 수 있을까? 새로운 인간관계를 만드는 것은 쉽지 않은 일이다. 중국인은 역사적·사회적으로 국가라든가 정치에 의지하지 않는 경향이 있다. 사회의 선의(善意) 같은 것도 잘 믿지 않는다. 그런 세상에서 믿을 수 있는 것은 혈연관계인 '가족'이고, 그 다음으로는 자기편이 되어주는 '펑이유(朋友)'이다. '펑이유(朋友)'로 이루어진 '꽌시'가 나를 지켜

주는 보호막인 셈이다.

'중국에서 성공하려면 무엇을 아는 게 필요한가?'라는 질문에 내가 아는 한 선배는 '중국의 역사나 문화에 대한 지식, 중국어도 중요하지만, 지금 중국의 현실을 가장 잘 아는 것이 가장 중요하다는 대답을 들려주었다.

그렇다면 우리가 예전부터 알고 있는 절절하고 밀도 있는 '친구' 관계만이 아니라, 중국에서는 중국식의 친구 사귀기인 '망년교(忘年交)'를 만들어 나가는 것이 필요하지 않을까?

관상어(觀賞魚) 중에 '코이'라는 비단잉어가 있다. 이 잉어의 특징은 살아온 환경에 따라 그 크기가 달라진다는 것이다. 이 잉어를 작은 어항에 기르면 5~8센티미터밖에 자라지 않지만, 커다란 수족관이나 연못에 넣어두면 15~20센티미터까지 성장한다. 강물에서 자라는 것은 90~120센티미터까지 된다고 하니, 참 특이한 잉어이다.

중국에서는 우리도 코이처럼 우리식의 '친구'가 아닌 중국식 '펑이유'를 맺어 나가야 할 것이다. 분명 중국은 코이가 크게 성장할 수 있는 큰 '강물'이기 때문이다.

어항에서 강물로 나와야 기회도 분명 커질 수 있다

37

시진핑 주석이
만두가게에 간 까닭은?

개인적으로 나는 만두를 무척 좋아한다. 산동성 칭다오에서 근무할 때는 회사 밖의 한식당보다 사무실 지하의 직원식당을 더 애용했는데, 거기엔 이유가 있었다. 직원식당의 점심 메뉴에는 항상 '산동 특색의 만두'가 나왔기 때문이다.

한국의 만두와 중국에서 말하는 만두는 좀 다르다. 중국에서 한국식 만두는 '교자'라 불리고, 중국 만두는 '만두 소'가 없는 그냥 밀가루 빵을 가리킨다. 나는 교자뿐 아니라 중국 만두도 즐겨 먹었다. 특히 덤덤한 맛의 중국식 만두는 다른 중국 반찬과 함께 먹으면 맛이 그만이었고, 가끔씩 만두 몇 개를 남겨두었다가 출출해지는 오후 시각에 커피를 곁들여 먹으면 그 맛도 담백한 것이 별미였다.

* * *

2014년 초 중국 사회에 만두가 장안의 화제가 됐다. 시진핑 주석이 2013년 말 민생 행보의 일환으로 베이징 위에탄(월담) 근처의 '캉펑(康風)'이라는 만두가게를 방문한 사건 때문이다. 시 주석도 나처럼 만두를 좋아했는지 아무튼 줄서서 차례를 기다렸다가 만두를 사먹었다는데, 세트 메뉴의 구성은 '만두 6개, 간, 내장 요리와 채소 볶음'이었다고 한다. 가격은 21위엔이니 한화로 치면 3600원 정도이다. 시 주석 방문 이후 이 만두가게는 그야말로 대박이 났다. 대부분의 중국인들이 만두를 좋아하긴 하지만, 중국 최고 권력자가 줄서서 기다렸다가 사먹은 만두이니 그럴 만도 하다. 결국 2014년 중국인들이 베이징에서 가장 즐겨 찾은 여행지의 하나로 꼽혔다. 나는 아직 가보지 못했지만, 사진에서 본 만두가 참 먹음직스럽게 보였다. 열풍이 가라앉고 나면 가볼 생각이다.

이 만두가게 행보 이후 시 주석은 중국 네티즌 사이에서 '시 삼촌'이라고 친근하게 불리며, 인민 속으로 들어간 서민 지도자 이미지를 확실하게 굳혔다.

시 주석은 중국 인민들에게 친근하고 서민적인 지도자의 모습만 보여주고 있는 게 아니라 카리스마 있는 지도자로서의 모습도 보여주고 있다. 일각에서는 마오쩌둥 이후, 가장 강력한 카리스마를 보여 주는 지도자라고 평하기도 한다. 강함과 부드러움을 양손에 다 쥐고 있는 셈이다. 한편으로는 민생행보로 인민들의 목소리에 귀기울이며, 다른 한편으로는 반부패전쟁에 나섰다. 중국식 표현으로 '호랑이와 파리를 다 잡겠다.'고 선언한 것이다. 그는 지위 고하를 막론하고 18만 명의 비리 공직자를 적발하고 4만 명을 사법조치시키는 등 사상 유례 없는 부패 척결의 칼날을 휘두르고 있다.

* * *

반면, 서민들의 환영을 받고 있는 그의 반부패전쟁 때문에 타격을 받는 곳도 있다. 바로 중국 고급 소비시장이다. 시진핑 지도부가 삼공경비(三公經費) 지출에 대한 자제를 강조하며 내부 단속을 강화했기 때문이다. 삼공이란 '해외 출장, 관용차, 공무 접대'를 일컫는다. 그에 따라 외제 승용차 시장, 고급 화훼 시장, 공무용 출장 관련 산업이 2013년 하반기부터 관공서와의 거래가 급감하면서 볼멘소리를 내고 있다. 중국 관료사회 내부에 일고 있는 조용한 정풍운동의 여파이다. 우리에게도 잘 알려진 중국의 대표적 명주(名酒)인 '마오타이(茅台)*' 가격이 2년 만에 반 토막이 났다고 중국 관영 신화통신은 전한다. 2012년 초 2300위엔(약 38만 원)이던 53도짜리 마오타이 한 병 가격이 지난해 7월에는 1700위엔(28만 원), 최근에는 900위엔(15만 원)에 거래되고 있다. 마오타이를 비롯한 고급 백주 시장의 최대 수요처는 '중국 군대, 정부 기관, 국영기업체'였다. 그런데 군대 내에서 고급 술에 대한 금주령이 내렸다고 그 술(마오타이)을 공급하는 회사의 주가가 2조 원이나 폭락하는 나라가 중국이다. 우리에게는 마오타이 술이 얼마나 대단하냐 하겠지만, 중국 부호 조사기관인 후룬 리포트에 의하면, 마오타이 주의 브랜드 가치는 120억 달러에 이른다고 한다. 중국 부호들에게는 마오타이가 루이비통, BMW 같은 명품 브랜드와 맞먹는 것이다. 그런 최고의 명주를 중국군과 정부기관이 아낌없이 소비했으니, 관리들의 부정부패가 어느 정도였을지 상상하고도 남을 일이다. 관리들이 주로 애용하는 관용차는 그 전까지만 해도 90% 이상이 아우디, 폭스바겐, 도요타 차량이었다. 그러나 이번에 발표된 규정에는 관용차의 구매를 중국산 자동차로 제한하였고, 심지어 최근에는 구매 가능한 차량 리스트 412종을 발표하기도 하였다. 핵심은 배기량 1.8리터 이하, 가격은 18만 위엔 이하로 제한한 것이다. 내가 상하이에 거주할 때 같은 아파트 3층에 40대 초반의 경찰 간부가 살았는데, 그의 차량을 볼 때마다 부럽기도 하고 궁금한 게 있었다. 부러운 건 그의 차 표지판에 'WJ'라고 적혀 있는 영문자였고, 궁금한 점은 경찰인 그가 어떻게 최신의 랜드로버 챠량을 탈 수 있을까 하는 점이었다. 중국에는 보통 자동차 표지판 번호 앞에 지역명을 나타내는 글자를 넣지만(북경은 京, 천진은 津으로 표기) 이와 상관없이 'WJ'는 '우징(武警 : 무장경찰)'의 약자이다. 도로에서 유일하게 거의 제지를 받지 않

* * *

중국에서
중국을 보다

는 막강 중국인민무장경찰부대 소속이라는 표시이다. 그 차의 뒤 트렁크에는 '마오타이' 주나 '우량예' 등의 고급 술이 항상 실려 있지 않았나 막연히 추측해본다.

* * *

한편에서는 시진핑 정부가 드라이브를 걸고 있는 반부패전쟁이 내수 소비 진작을 위해 애쓰는 경제에 찬물을 끼얹는 행위라고 한다. 특히 관리들의 요식업소 출입이 줄어들다 보니 요식업을 중심으로 한 소매판매 증가율이 2% 이상이나 떨어졌다는 보도도 나온다. 또 다른 일각에서는 '과거와 단절하고 미래 정치로 나아가려는 포석'이라는 평을 내놓기도 한다. 그 의미는 시진핑 정부의 권력 핵심인 정치국 상무위원 7인 중 장쩌민 전 주석의 영향력하에 있는 인물들이 무려 5명이나 된다고 하는 사실과 연관이 있다. 중국 정부 특유의 '인치정치'에서 벗어나고자 하는 영민한 행위라는 의미이기도 하다.

* * *

아무튼 13억 인구의 정점에 서 있는 지도자가 이렇게 서민적인 행보를 보이며 민심을 파악하고, 확고한 리더십을 발휘하는 것은 대단히 고무적인 일이 아닌가 한다. 새로운 슬로건으로

'중국몽(中國夢, China Dream)'을 꿈꾸는 중국의 지도자!

시 주석의 만두가게 행보가 무언가를 보여주기 위한 '정치적 쇼'이든 대중에게 다가가기 위한 진심어린 발걸음이든, 중국 최고 지도자의 이러한 모습은 충분히 박수받을 만하지 않을까?

TIP

* 마오타이는 최고급 국빈주로, 그만큼 가짜도 많다. 유통되는 술의 90%가 가짜라는 이야기도 있다. 그에 따라 최근에는 마오타이 진위 감별법이 소개되고 있다. 술 뒷부분에 16개의 시리얼 넘버가 새겨져 있는데, 중국 마오타이 사이트에 들어가 시리얼 번호를 입력하면 그 진위 여부를 알 수 있다. 예를 들어 그 시리얼 번호가 가짜라면, '가품이니 조심하세요.' 라는 문구가 사이트에 뜬다. 한국에서는 '마오타이 코리아(www.moutaikorea.com)'를 통해 검증하는 방법도 있다.

어디 가? 어디로 갔지?
다 어디로 갔을까?

웬 갑자기 '어디로' 타령인가 할 것 같다. 올해 상반기에 중국에서 '어디로?' 시리즈가 화제가 되었다. "爸爸去哪里？(아빠 어디가?)", "飞机去哪里？(비행기는 어디로 갔지?)", "时间都去哪里？(시간은 다 어디로 갔을까?)" 하는 말이 화제였다.

* * *

중국판 '아빠 어디 가?' 는 MBC 일요일밤 프로그램의 '아빠 어디 가?' 포맷을 그대로 차용해서 만든 중국 프로그램이다. 중국 후난위성 TV가 제작하여 시청률에서 대박이 났다. 엄청나게 많은 중국 프로그램과 TV 채널을 감안할 때 예능 프로그램의 시청률이 1%가 넘으면 인기 프로그램으로 볼 수 있는데, 시청률 4%를 상회했으니 빅히트라고 하지 않을 수 없다.

한국판 '아빠 어디 가?'처럼 중국판도 아이와 아빠가 한 조를 이룬 다섯 커플이 등장한다. 중국 최고의 모델로 불리우는 장리앙과 타이이안 부자, 한국의 윤민수와 윤후를 닮은 듯하다. 올림픽 다이빙 선수 출신인 훈남 외모의 티엔리앙과 딸 티엔위에청 부녀도 인기의 원동력이다. 중화권의 다양한 분야의 스타와 자녀들이 함께하니 스타들의 일상이 궁금할 만하다. 이 프로그램을 보기 위해 일찍 집에 귀가하는 현상까지 생겼으니, 그 인기를 가늠할 수 있다. 프로그램의 타이틀 스폰서는 모 음료회사로 543억 원에 낙찰되었는데, 중국 TV 역사상 제일 높은 금액이라 한다. 현재는 시즌2를 준비하고 있고, 영화로도 제작될 계획이다. 어떻게 보면 역시 잘 되는 프로그램은 나라를 떠나서 성공 코드가 있나 보다.

* * *

'비행기는 어디로 갔을까?'는 2014년 3월 8일에 쿠알라룸푸르를 이륙해서 중국 베이징으로 향하던 말레이시아 항공 MH370이 이륙한 지 1시간 후에 연락이 두절되어 아직까지 행방이 묘연한 사건을 말한다. 승객과 승무원 240명 중에 중국인 153명이 포함되어 있어 중국에서는 행방과 보상문제 등이 큰 관심사로 아직도 진행중인 사건이다. 이 사건을 두고 여러 가지 '설'이 분분하다. 그 행방에 대하여 초자연 현상으로 보는 의견도 있다. 비행기가 미국 드라마 '로스트'처럼 다른 세계로 가는 문을 거쳐 사라진 것이라거나, 비밀조직과 외계인의 소행이라는 등의 웃지 못할 얘기도 있다. 또 어떤 기사에서는 '37'이라는 숫자가 반복되는 패턴이 기이하다는 얘기도 한다. 항공편인 MH370이 3700Km를 운항하다 고도 3만 7천 피트에서 마지막 기록을 남기고 사라졌고, 말레이시아 항공의 하루 운송 승객 수가 대략 3만 7천 명에 이른다는 데서 나온 얘기다. 아직도 미제 사건이라 2014년 5월에 중국의 리커창 총리가 방중한 말레이시아 총리에게 새로운 수색대책을 강구하는 요청을 하였다는 보도도 있었다.

* * *

'어디로 갔을까?' 와 관련한 마지막 이슈는 '세월은 다 어디로 갔을까?(時間都去哪里?)' 이다.

이는 가수 왕정량이 부른 노래 제목으로 중국 영화감독인 평소강 감독의 영화 "〈사적인 주문(私人定制, 2013)〉"의 삽입곡이다. 가수 왕정량은 중국에서도 드라마와 영화 주제곡을 많이 부른 가수이다. 한국의 가수 백지영처럼.

올해 초 중국의 설날인 '춘절'에 베이징 시민을 대상으로 설문조사를 했다. '춘절을 맞아 가장 인상 깊은 일은 무엇인가?' 이에 대한 대답에 베이징 시민 52%가 '부모님의 나이 들어가는 모습이 가장 마음이 아프다.'라고 대답하였다 한다. 그런 대답이 나온 데는 중국의 춘절 특집 프로그램인 CCTV의 '완후이(晚會)'에서 왕정량이 부른 이 노래가 한몫했다는 생각이다. 대부분의 일반 가정에서는 춘절 저녁에는 대부분 식사 후에 둘러앉아 이

중국에서
중국을 보다

춘절 '완후이' 프로그램을 보는 게 관례이다. 그런데 프로그램 마지막 부분에 왕정량이 '세월은 다 어디로 갔을까?'라는 감성적인 노래를 불렀고, 배경 화면으로 한 부녀의 사진이 파노라마처럼 넘어가며 시선을 끌었다. 딸의 출생부터 30대로 성장한 성숙한 여성이 되기까지 30여 년 동안의 어느 부녀의 시간들을 보여주는 사진이었다.

갓난아이에서 화려한 여성으로 성장하기까지의 딸의 사진과 젊은 아버지에서 중년을 거쳐 지팡이를 짚은 노인이 되기까지의 사진은 TV를 시청한 시청자들에게 많은 감회를 불러일으켰다. 자식을 키우느라 자신의 시간을 갖지 못한 아버지의 마음이 이 노래 '세월은 다 어디로 갔을까?'와 절묘하게 어우러져 진한 감동을 주었던 것이다.

* * *

이 노래 제목은 시진핑 주석이 또 한 번 언급하여 화제가 되었다. 2014년 2월 소치 동계올림픽 개막식에 참석했던 시 주석은 러시아 언론과의 인터뷰에서, "세월은 다 어디로 갔을까?"라는 말로 공무에 바쁜 자신의 심정을 빗대어 이야기했다. 그 이후 인터넷의 각종 사이트에서 시 주석의 "세월은 다 어디로 갔나?"라는 문구가 한동안 유행을 했다. 만두가게 방문부터 "세월

은 다 어디로 갔을까?"라는 유행어까지 중국인들도 지도자의 서
민적인 행보에 관심을 많이 보이고 있다.

* * *

　이렇게 2014년 중국에서는 공교롭게도 '어디로 가나?' 시
리즈가 화제가 되었다. 나는 기사화된 이 3가지 이슈를 보면서,
향후 '중국은 어디로 갈 것인가?'라는 물음을 하지 않을 수 없었
다. 중국이 가는 방향에 대해 고민을 하지 않을 수 없을 정도로
이제는 중국에 대한 우리의 의존성이 커졌기 때문이다. 문득 얼
마 전 다시 읽어본 책 〈10년후 한국〉이라는 책이 생각난다. 자
유경제학자로 불리는 공병호 박사가 2004년에 쓴 저서이다. 그
책에 10년 전에 한국을 뒤흔든 차이나쇼크에 대해 언급한 부분
이 있어 인용해본다.

* * *

　"한국도 핵심기술을 갖고 적극적으로 중국 기업들을 찾아
나서는 일이 자연스럽게 이루어질 것이다. 지난날 우리 근로자
들이 중동에 나가 외화벌이를 했듯이, 특별한 기술을 가진 엔지
니어들이 중국을 찾게 될 것이다. 특히 기업에서 충분한 경력을
쌓은 임직원들은 중국에서 더욱 환영받을 테고, 직장인들 사이

엔 영어 대신 중국어 학습 붐이 일어날 것이다. 중국 역시 한국 인재들을 스카우트해 가는 데 적극적으로 나설 것이다

그뿐인가, 중국은 급속히 축적된 자본을 갖고 한국의 내수 시장에 뛰어들 것이다. 일정한 프리미엄을 지불하고 한국의 유망한 중소기업이나 벤처기업들을 매수할 것이다. 핵심기술을 보유한 한국의 기업 목록을 들고 와 기업을 인수하는 광경을 보는 일은 조금도 이상하지 않게 될 것이다. 불확실한 환경에서 고민하는 기업들 중 일부는 적극적으로 중국의 매수·합병에 응할 수도 있다.

그럼에도 불구하고 한국인들은 이러한 사태에 준비할 수 있는 시간을 계속 낭비할 것이다. 중국이 거의 전 품목에서 자기완결형 구조를 갖추고, 이 과정에서 한국은 고실업과 내수의 잠식이란 격랑에 휩쓸려 들어가게 되어도, 지난 10년을 후회할 뿐, 때는 이미 늦은 상태일 것이다."

(공병호 저 〈10년후 한국〉, 2004)

* * *

100% 맞는 말은 아니지만, 10년 전 공병호 박사의 앞을 예측하는 통찰력에 고개를 끄덕이게 된다.

39

별에서 온 그대와
한국판 'Not for free' 전략

　　37억 뷰(view). SBS 드라마 '별에서 온 그대(來自星星的你)'
의 중국 내 동영상 사이트 조회수이다. 13억 인구를 기준으로 했
을 때, 모든 중국인이 3번씩 보았다는 가정을 할 수 있는 어마
어마한 숫자이다. 중국 동영상 사이트 아이치이(愛奇藝)에서만
20억 뷰를 기록했고, 기타 동영상 사이트 전체를 합한 수치가 37
억 뷰이다. 지금까지 중국 동영상 사이트의 드라마 최고 조회 수
를 갱신했다고 한다. 뮤직비디오인 싸이의 '강남 스타일'과 비교
했을 때도 대단한 숫자이다. '강남 스타일'은 2012년부터 2014년
까지 누적 조회수가 20억 뷰를 돌파했지만, 이 '별에서 온 그대'

중국에서
　　중국을 보다

는 6개월 만의 숫자이다. 5분짜리 뮤직비디오와 1시간여짜리 드라마를 비교하는 것은 공평치 않아 보이긴 하지만 전 세계인이 본 수치와 중국 대륙에서만의 숫자라는점만 감안해도 대단하다 하지 않을 수 없다.

* * *

　나는 이 드라마가 히트를 칠 것을 조심스럽게 예상하기는 했다. 평소에 드라마를 그렇게 즐겨 보지는 않는 집사람이 작년 연말부터는 내가 늦게 귀가하는 것을 대수롭지 않게 여기곤 했다. '별 그대'가 거의 한 시간 시차로 업로드되는 사이트에 접속하여 드라마를 보는 매주 수·목요일의 밤 시간은 집사람에게는 그야말로 '힐링'의 시간처럼 보였다. 집사람뿐만 아니라 대다수의 여성들이 김수현에게 완전히 빠져 있는 것 같았다. 어떤 날은 출장을 다녀왔더니, 침대 옆 작은 테이블에 김수현이 서 있다. 정확하게는 김수현 미니어처인 조그마한 '도민준'이 놓여 있었다. 김수현을 전속 모델로 쓰고 있는 뚜레주르 제과점에서 고객들에게 준, 내게는 별것 아니지만 집사람에게는 대단한 선물이었다. CJ 계열사인 뚜레주르 베이커리도 동시에 대박이 났다. 이 드라마 전까지는 김수현을 전속 모델로 쓰고 있었지만, 중국 내에서의 지명도나 베이커리 매장 분위기, 매출면에서 동종업체인 파리바게트에 비해 인지도가 형편없었다. 파리바게트는 일부 중국인들이 프랑스 정통 베이커리인 줄 알 정도로 그나마 성공적이었으나, 뚜레주르는 '응답하라 1994'에서 칠봉이가 "뚜르레스주르스"라고 발음한 희한한 공룡 이름처럼 거의 알려져 있지 않았던 브랜드였다. 그런데 '별 그대' 드라마만 한 편이 뚜레주르에게 역전의 발판을 마련해준 것이다. 왕징 한국성의 뚜레주르나 상하이 홍천루의 뚜레주르 매장은 이제 '별 그대'와 함께 별이 되었다.

* * *

사실 가장 큰 수혜 업종은 치킨집이다. '별 그대'의 천송이(전지현)가 "첫눈 오는 날에는 치맥이 땡긴다."라고 한 대사가 그야말로 중국 내에 치맥 열풍을 불러 일으켰다. 요즘은 그 열기가 조금은 식었지만, 드라마 방영 후 2014년 상반기는 그야말로 치맥 열풍이 대단했다. 상하이의 한국 거리라 불리우는 홍천루 부근의 치킨집은 중국인들로 문전성시를 이루었고, 한국식 치킨을 먹기위해 두 시간씩 줄을 서는 진풍경을 연출하기도 하였다. '불로만 치킨'이라는 한 조그만한 업소에서 하루에 팔리는 치킨이 500마리라고 하니, 가게 규모 대비해서는 대박이 난 것이다. 또한 상하이 지하철이나 광저우 공항을 거치는 사람은 여기가 중국인가, 한국인가 할 것 같다. 온통 광고판이 도민준(김수현)이기 때문이다. 중국 TV 광고를 보아도 코카콜라, 도브 초콜릿, 우유 광고 등 전 업종에서 김수현의 모습을 쉽게 볼 수 있다. 최근에는 중국의 어떤 매체가 "도민준 교수, 이제 그 얼굴 지겹다."라고 불평을 할 정도로 광고계의 핫 아이콘인 것이다.

* * *

한국의 드라마 한 편이 어떻게 이렇게 중국을 뒤흔들어놓았을까? '별 그대' 방영 이후 중국과 한국에서 여러 모로 그 드라마에 대한 분석이 나왔지만, 나는 내 주위의 전문가의 이야기를 더 신뢰한다. 그 전문가(집사람)의 분석에 따르면, 무엇보다 드라마 대사가 너무 맛깔스럽단다. 실제로 '별 그대'의 작가인 박지은은 그 전에도 '내조의 여왕'이나, '넝쿨째 굴러온 당신' 등 종전의 히트 작품이 많았던 작가라는 걸 알게 되었다. 한국 여류 드라마 작가들의 스토리를 전개하는 실력은 타의 추종을 불허하는 것 같다. 그 디테일한 감성을 흔드는 대사 전개는 중국이 쉽게 따라올 수 없는 수준이라고 하면 오버일까? 나도 집사람 곁에서 몇 회를 보다 보니, 특징적인 면이 있었다. 기존의 다른 드라마와는 달리 프롤로그(prologue) 형태의 초반부와 에필로그(epilogue) 형식의 후반부가 삽입되어, 본 방송에서 보여 주지 못한 깨알 같은 재미를 보여 주는 것이었다. 다음 회를 기대하지 않을 수 없게끔 만드는 스킬인 것이다. 그렇지만 무엇보다 도민준(김수현)과 천송이(전지현)의 절대 매력이 가장 큰 성공요인이라고 하겠다.

* * *

이제 세상은 인터넷을 기반으로 하는 디지털 콘텐츠가 범람하는 시대이다. 특히 공짜 파일이 넘쳐나는 시대에 많은 콘텐

츠 생산자들은 새로운 시대의 수익 창출을 위하여 고심하고 있다. 그러나 고객은 생각만큼 쉽게 지갑을 열지 않는다. 사울 J. 버먼은 저서 『Not for free』에서 공짜 시대에 필요한 수익 창출 전략을 얘기한다.

한국의 '별에서 온 그대' 드라마 한 편은 중국의 많은 사람들의 지갑을 스스로 열게 했다. 치맥을 따라 하고, 천송이의 립스틱을 사고, 도민준을 보러 한국에 여행을 온다. 디지털 콘텐츠를 기반으로 하는 '새로운 수익 창출 전략'의 좋은 본보기인 것이다. 지난번 상하이 홍교 공항을 거쳐 입국할 때이다. 여권을 제출하니 입국심사대의 여직원이 "안녕하세요?"라고 또렷하게 발음하며 여권을 받아든다. 아마 '별 그대'나 '상속자' 등의 한류 드라마를 즐겨 보는 아가씨일 것이라는 생각이 들었다. 〈아바타〉나 〈어벤져스〉 등 할리우드식 블록버스터 영화를 제치고, 디테일하고 재미 소소한 문화 콘텐츠가 이렇게 세계로 뻗어 나가는 나라가 우리나라 말고 또 있을까?

* * *

물론 세상에 공짜는 없다. 한국의 드라마들이 사울 J. 버먼의 'Not for free' 전략을 제대로 보여 주고 있다. 중국의 지갑들이 공짜로 열리겠는가?

차이나 드림,
어떻게 이루어내나?

2013년 3월 17일, 중국 최고권력기구인 전국인민대표회의(전인대)는 10년 임기인 중국 국가주석에 시진핑을 선출함으로써 시진핑의 중국이 시작됨을 선포했다. 시진핑은 취임 연설에서 '중화민족의 위대한 부흥'을 역설하며 '중국의 꿈(中國夢)'을 9번이나 반복 언급했다. 이렇게 '중국몽'이 정치적 슬로건이 되며, 많은 제도 변혁과 규제 개혁이 시작되었다. 시진핑이 언급한 중국의 꿈은 무엇일까?

중국은 개혁개방의 문을 연 지 30년이 지난 지금, 연평균 9.5퍼센트의 성장을 이루어내며 사상 유례 없는 탈바꿈을 했다.

중국에서
중국을 보다

골칫거리였던 그 많은 인구를 저력으로 세계 최대의 공급자로, 최대의 시장으로, 최대의 소비자로 세계의 이목을 끌고 있다. 이렇게 달라진 중국을 바탕으로 다시 한 번 전세계에 '중국 굴기'를 보여주겠다는 게 시진핑의 중국몽이 아닐까?

* * *

그럼 우리의 차이나 드림은 무엇일까?

내가 거주하고 있는 중국 수저우 지역에는 대학 동문 모임이 있다. 일명 독수리 오형제 모임으로, 지구를 지키는 모임이 아닌 술친구로, 멤버는 바뀌었지만 서로간의 돈독함은 변함이 없다.

대기업 주재원으로 근무하다 얼마 전 귀국한 대학 동기인 석인이는 이렇게 얘기한다. "차이나 드림은 없었다. Dream이 아니고 현실의 삶, 그 자체였다. 당장 부딪쳐 중국을 이해하고 중국에서 이윤을 창출해야 하는 입장인 만큼 막연한 꿈은 없었다. 다만 아이들에게 더 큰 세상을 보여 주고 다가오는 미래에 대응할 수 있는 기회를 만들어주는 것에 의의가 있었다."

남들이 부러워하는 대기업 주재원이지만 녹록치 않은 중국에서의 삶의 버거움을 토로한다.

대우전자에 근무하다, 대우의 해체로 중소기업의 현지 총

* * *

경리(사장)가 된 홍진기 선배는 베트남 현지법인에서 근무하다
중국으로 오게 되었다. 공학도 출신이라 중국어는 약하지만 '관
리의 귀재'로 가는 곳마다 수익 창출을 제대로 해내는 '마이더스
의 손'이다. 홍 선배는 "어려운 시절을 겪은 만큼 중국이 아니라
어디라도 가서 해내야 한다. 나의 차이나 드림은 '중소기업형 전
문가'로 회사의 모든 분야를 제대로 숙지하여, 후에 기회가 되었
을 때 창업하고 싶다."라고 한다. 중국이 이공계를 중시하고 이
공계 출신의 기업가가 많은 만큼, 뚜벅뚜벅 제 길을 올곧게 가는

홍 선배의 모습에서 가까운 시기에 성공을 예감하게 된다. 공학도와 중국이 제대로 만난 케이스이다.

얼마 전 물류 분야에서 근무하다 새로운 창업과 도전을 꿈꾸고 있는 명수 후배는 좀 다른 경우이다. 부인이 중국 한족 출신이라, 중국내에서 창업할 수 있는 좋은 인프라를 갖고 있는 셈이다. 그러나 중국을 누구보다 잘 알고 있는 처지라, 쉬운 꿈을 꾸지는 않는다. 작은 성공부터 차근차근 그림을 그리고 있다.

* * *

이렇게 연륜과 성공의 자산이 있는 사람들도 중국 시장을 쉽게 보진 않는다. 실제로 오랜 시간을 중국에서 경험하다 보니, 중국이 결코 녹록치 않게 다가오는 것이다.

* * *

그러면 현재 젊은 세대들이 꿈꾸는 중국 시장에서의 성공 가능성은 얼마나 될까?

얼마 전, 예전에 MBC에서 방영되었던 '젊은 꿈, 대륙을 품다'라는 프로그램을 보게 되었다. 내용은 중소기업청의 지원을 받아 시행된 '글로벌 청년 창업 프로젝트'로 중국 시장에 도전하는 13개 팀의 도전기를 보여 주는 것이었다. 상하이에서 두 달간의 창업 보육과정을 거쳐 중국 시장에 도전, '글로벌 창업'의 첫 발을 내딛을 수 있는 기회를 잡기 위해 치열하게 준비하는 모습을 잘 그려내었다. 웨딩드레스 디자인 업체, 한국의 전통 떡을 알리기 위해 중국 외식산업에 도전하는 팀, 스마트폰의 알람 어플 제작팀, 한국과 중국의 골목상권을 알려주는 잡지 제작팀 등 다양한 팀들이 도전하는 모습을 보았다.

중국에서의 성공을 꿈꾸는 젊은 피들의 모습이 보기 좋았지만, 그 이면에 한국의 상황이 보이는 듯했다. OECD 국가 중 최고의 저출산율, 3% 중반의 경제성장률, 10.9%라고 하는 최근의 청년실업률 등이 빚어낸 미래 성장동력의 상실이 보였다. 그 기회의 상실이 젊은 세대들을 더 해외로 해외로 '글로벌'이라는 미명 아래 몰아내는 것은 아닌가 하여 씁쓸하기도 하다. 1년쯤 지난 지금 청년창업팀들의 중국에서의 현재 모습이 자못 궁금하기도 하다.

* * *

그러나 이런 상황이 한국만이 아닌, 세계의 많은 나라들이 겪고 있는 현실인 만큼 딛고 일어설 수밖에 없는 상황이다.

이러한 현실에서 'China Dream'은 어떻게 이루어내야 하나? 나는 무엇보다 중국에 대한 인식이 바뀌어야 한다고 본다. 중국

중국에서
중국을 보다

시장을 너무 과대 평가하는 것도, 또 기존의 우리가 가지고 있던 중국과 중국인에 대한 폄훼 태도도 지양해야 한다. 그것이 중국을 정확하게 바라볼 수 있는 출발점이라고 본다.

이제는 중국을, 중국 시장을 좀 더 본질적이고 구체적으로 들여다봐야 한다. 그리고 중국 내에서 어떠한 일들이 벌어지고 있는지도 통섭(統攝)적으로 관찰해야 한다.

수교 20여 년이 지난 지금, 이제는 중국에 대한 시각, 다가가는 방법, 성공의 방정식을 업그레이드할 때이다.

* * *

중국에서의 성공은 중국, 중국인, 중국 문화, 중국 시장을 정확하게 볼 때 기회가 더 풍성해질 것이라고 확신한다.

한때 중국에서 거주하며 중국혁명운동에도 참여했던 앙드레 말로의 말을 인용해보며, 차이나 드림을 꿈꾸는 모든 이들에게 다시금 파이팅을 보낸다.

* * *

"오랫동안 꿈을 그리는 사람은 마침내 그 꿈을 닮아간다."